D E A R + N O V E L

負けるもんか!

榊 花月
Kaduki SAKAKI

新書館ディアプラス文庫

S H I N S H O K A N

負けるもんか！

目次

イラストレーション／金ひかる

負けるもんか！

I never give up!

麓《ふもと》からは小山に見える、こんもりとした森。

緩《ゆる》やかな坂道を上がって行くと、頂きにそこはあった。

辺りを睥睨《へいげい》するかのように聳《そび》え立つ――。

「ここが青籃《せいらん》高校か」

門の脇に彼は立ち、校舎を見上げた。

伝統と格式を誇り、良家の子息が集《つど》うという、山奥の聖域。

「遂《つい》にきたぜ」

緑青の門扉に向かい、拳を握りしめる。

「逃がさないからな、兄貴！」

中央に時計塔を擁《よう》した建物は、応《こた》えない。学期前の静謐《せいひつ》を抱いて、ただそこに建っている。

1

入寮の手続きを済ませ、谷中《やなか》馨《かおる》は割り当てられた部屋に向かわず、渡り廊下のほうに足を向けた。

「あれ、君、部屋に行かないの？　荷物届いてると思うけど」

馨をここまで案内してくれた二年生が、驚いたように話しかけてくる。

「三年の寮って、この先だったよな？」

「そうだけど……」

入学したばかりの一年坊主からタメ口をきかれても、咎《とが》めるでもなく不思議そうな顔をした。

「三年生は真ん中のタワー、左ウイングに二年生のミカエル寮、右が君たちが住むことになるガブリエル寮——って、君」

聞いちゃいない。馨はすたすた歩き出した。

「おい、寮内に入るんだったらスリッパに履《は》き替えないと……」

渡り廊下を突っ切って、屋内に通じるドアを開く。

玄関脇の廊下に出る。玄関は広く、馨のいる側の壁がシューズロッカーになっていた。

「靴」

奥からぬっと現れた大男が、馨の足元を一瞥《いちべつ》する。

ぼそりとそれだけ言って、玄関を出て行った。

三年生らしい。インネンをつけたわけでもないのだろう。寮のドアが、ゆっくり閉まる。

「……うるせーの」

馨は舌打ちをしたが、仰《おお》せの通りにシューズロッカーから手近にあったスリッパを出して上履きと履き替えた。水色のタオル地に、クマのアップリケがついている、なかなかファンシーなスリッパだった。

さて、と。

馨の目的は、いきなり三年の寮内に潜入することではない。

「どこから手をつけるかな……」

三年生の部屋のあるラファエル寮のあるタワーには、全学年共通の娯楽室や、食堂がある。部屋棟だけのガブリエル寮とは違い、一年から三年までの種々雑多な人間たちが混ざっているということだ。

とりあえず、誰かに訊《き》いて、奴の部屋を割り出して……。

先制攻撃だ。馨は口許《くちもと》をにやりと緩《ゆる》めたが、ほくそえむにはまだ早い。唇を引き締め、廊下を曲がる。

曲がってすぐに、両開きのドアがあった。

馨は迷わずドアを開けた。

正面に置かれたビリヤード台が、まず目に入った。旧式のステレオとテレビ。それに、何組かのテーブル。奥手にソファがあり、誰かが寝そべっている。

「……」

「なに？」

ドアの前で突っ立ったきりの馨に、手前のテーブルにいた男が声をかけてきた。

馨は相手を見た。整った顔立ちの、頭の良さそうな奴《やつ》だった。どこかに近寄りがたいような威厳がある。

「入るなら、入れ。入らないなら、ドアを閉めろ。光熱費がもったいない」

四月に入っても山は寒く、部屋には暖房が入っている。

高校生のくせに主婦みたいな男。馨は後ろ手にドアを閉めた。再びそいつを見る。三年生だろう。この落ち着き。命令調の言葉。

他にはソファの奴しかいなかったので、馨は、

「あの、三年生……ですか」

この男に訊くことにした。知らずのうちに敬語になっているのは、彼を包む雰囲気のようなものに呑まれたせいだろうか。怖いもの知らずで通っている谷中馨をもってしても、気易《きやす》く声をかけるというわけにはいかなかった。

相手は顔を上げた。ちょっと訝《いぶか》しげな表情を浮かべている。

「そうだけど？」

「あ、じゃあ、谷中広明《ひろあき》って知ってますか。三年の」

「谷中？」

男はますます胡乱《うろん》な顔つきで、

「そりゃ知ってるけど……」

言葉を切った。

「ヒロならミヤと外出中だぜ」

突然、ソファの男が割り込んだ。上体を起こし、こちらを見る。

「ヒロ」？　ということはこいつも三年か。

相手はどこか面白《おもしろ》がるように、

「ヒロに用事？　見ない顔だな。一年？　ってことはないか。一年がいきなりこんな所にくるわけないもんな。今日、入寮式だろ」

馨に口を挟ませず、ぺらぺら喋《しゃべ》る。

「――谷中は外出したが」

後を引き受けて、最初の男が言う。

「谷中に何か用なのか。いや、まず、名乗ってもらおう。学年と名前」

尊大な態度だが、なぜかこの男にはぴったり合っている。そして、馨も命ぜられるまま答えた。

「谷中馨。一年……ええとD。今日から入寮しました」

「谷中？」

相手は首を傾げた。と、

「ヤナカカオル―？　ヒロの弟か！　そうだ、ヒロの弟だよミケ、こいつ」

こいつよばわりされて、馨はむっとソファの男を睨《にら》んだ。こちらのほうは、いかにもイマドキの高校生という風体で、厳格な青籃《せいらん》に逆風を吹かせている。

つまり、目の前の男のようには、馨にとって畏敬《いけい》を抱かせないということだ。

「なんだよ、こいつって。莫迦《ばか》にしてんのか。谷中の弟だったら何か悪いのか」

いきなり噛みつかれて、相手は怒るでもなく目をまん丸にした。

次の瞬間、

「ヒロの弟だ……あの弟だ……あの……」

ふきだしている。

「なっ、なんだよっ。失礼な。何ひとの顔見て笑ってんだよ！」

「君もじゅうぶん、失礼だと思うが。谷中馨くん」

ミケと呼ばれた男が、腕を組む。

「……すいません」

この男には逆らえない。そんな気がした。切れ上がった眦《まなじり》が、危険信号をちらつかせている。

「気持ちは判るが……おい、陸《りく》、お前笑いすぎだぞ」

友人を嗜《たしな》めてから、男はこちらに向き直った。

「三池世晴《みいけよしはる》。三年の寮長をしている」

なるほど、それでこの溢れるような威厳か。馨は納得した。寮長を務めるというからには、ただ者ではない。威厳があって当然だ。

「あっちは朝倉陸《あさくら》」

「どうもー。ヒラの朝倉でーす」

お前なんかどうでもいい。無視しかかった馨を、

「ちなみに俺、ヒロ……お兄さんと同室ね」

新事実が引き戻した。

「同室……？」

「寮の部屋は基本的に二人で一室だ」

いや知ってるけど……ということは、この軽薄そうな男が二年間も兄と寝食をともにしているのか？

にわかに興味を惹《ひ》かれ、馨は朝倉を見た。

「あ、でも俺、転入生だから。ヒロとはまだ半年ぐらいだよ。いつも世話になってるよ」

「なかなかいいコンビで、寮則を破り倒してくれている」

三池は朝倉の言葉に補足した。

「それは言わない約束でしょ……いい奴だよ、ヒロ。なんの問題もないよ」

同室というのが気に食わないが、とりあえず最短距離で兄の居場所情報を手に入れた。あとは実地検分するだけだ。

「あの、部屋……」

行ってもいいかと問いかかった時、娯楽室のドアが開いた。二人連れが入ってくる。

「おう、貴道《きどう》」

朝倉が声をかけたが、新顔のうちの一人——壮絶なまでの美形だ——はつんと顔を逸《そ》らした。

「鷹司《たかつかさ》もいるぞ」

背の高いほうが笑って言った。すっきり整った顔立ちの、のど飴のコマーシャルに出てくるような爽《さわ》やかな男前だ。二人とも三年らしい。朝倉たちと言葉を交わしているのを見ながら見当をつける。

貴道は三池も朝倉も好いてはいないようだ。立ち止まって話している鷹司をそのままに、ソファから一番遠くにあるテーブルに坐った。一連の所作が、やはりつんつんしている。

「あれ、鷹司、スリッパどうしたん？」

朝倉に問われ、鷹司は、

「それが、なくなってるんだよ。貴道にも探してもらったんだけどね」

「あーっ！」

突然、貴道が立ち上がった。

「それ、そのスリッパ。鷹司のだ！」

全員の視線が、謦に集中している。謦というか、その足元に——。

クマのアップリケのついたファンシーなスリッパは、どうやらこの大人びた三年生の私物だったらしい。馨は意外の念にうたれた。が、のんきに驚いている場合ではなかったようだ。

「どういうことだよ、君？　見ない顔だけど二年生？」

貴道はわざわざこちらに戻ってきてまで、馨を問い詰める。

「一年だよ、貴道。今日入ったばかりだ。谷中の弟」

三池が、一年生であることを免罪符に貴道をとりなした。

しかし、貴道は、

「他人のスリッパを勝手に履いて平然としている、君はいったいどういう育ち方をしてきたんだ？　しかも、一年のくせに最上級生の、それも生徒会役員を愚弄《ぐろう》するとは。まあ、谷中の弟ならしょうがないが」

その最後の一言が、馨の神経をぶちっと切った。

「どういう意味だよ！　きさま兄貴のこと莫迦にしてんのかっ。俺が勝手に人のスリッパ履いたってだけで、兄貴の人格まで否定する気か！」

なにが生徒会役員だ。生徒会がそんなに偉いのか。馨は沸騰《ふっとう》した頭で悪態をつく。

貴道はさっきの朝倉同様、目を見開いた。驚きが怒りを凌駕《りょうが》している。

と思ったのも束《つか》の間、細い眉がきりりと吊り上がった。

「なんと生意気な！　恐れ多くも生徒会長をきさま呼ばわり、ど、どういうきよっ」

「まあまあ、落ち着いて」

憤慨《ふんがい》のあまり舌をもつれさせた貴道を、鷹司がおおらかになだめた。

「貴道も言い過ぎだぞ。たかがスリッパごときで、熊でも出たような大騒ぎをすることもないだろ。君、谷中くん？　もちろん褒《ほ》められたまねではないけど、自分のスリッパをまだ持ってないんだったら、それ、あげるから」

赤子をあやすような表情と口調で言われると、なぜか悔しい。馨はおもむろにスリッパを脱いだ。

「すいませんでしたね、勝手に履いちゃって。そんなお偉いさんの尊いスリッパなんて、俺には分不相応でございますよ。ちくしょう、スリッパぐらい持ってるよっ。あんたのお古なんて要《い》らねえよ」

脱いだスリッパを、鷹司の胸に叩きつける。

鷹司は、やはりぽかんとしてこちらを見下ろした。

その脇から顔を真っ赤にした貴道が、

「た、退学だ！　こんな無礼な奴、見たこともない」

美貌を歪めながら叫ぶ。

「まあ、まあ、貴道。落ち着け落ち着け」

「落ち着いているっ。鷹司、早急に生徒会で処分を審議する」

「……落ち着いてないじゃん」

朝倉がぼそりと漏らした。

　貴道は眉を吊り上げ、朝倉のほうを睨む。

「貴道、鷹司、ここは寮だ。年の寮長がまだ決まっていない。俺に任せてくれないか」

「断る！　お前の思い通りになんかさせないぞ！　処分だ」

三池の申し出にも、貴道は「処分」を繰り返す。

馨はといえば、すっかり後悔していた。つまらないことですぐに頭に血を上《のぼ》らせるのは、小さい頃からの習い性《しょう》だ。その短気をどうにかしなさいと親にも説教された。

親……親じゃ、ないけど。

馨はこんな時だというのに。自分が育ってきた今までのことを思い返した。なんの屈託もない谷中家の次男だと思っていたのに……それなのに。

そして、思いはやはり兄へと向かう。

自分を置き去りにして、こんな山奥まで逃げた兄——大嫌いで愛《いと》しい人。

「判った。貴道、彼の処分は俺が決める。スリッパは俺のなんだし、お前には何の関係もない話だから」

鷹司の言葉に我に返る。

きれいな二重まぶたの目が、こちらを見ていた。

「谷中弟。君には当分の間、俺の下で働いてもらう」

「下で働く……？」

聞きなれない言葉に、馨は目をぱちくりさせる。

「大したことじゃないよ。鷹司正親《まさちか》、それほどひどい男じゃないつもりだ。雑用をちょっとやってもらうぐらいだよ。ただし、呼んだらすぐくること」

「じ、冗談じゃねえよ。なんで俺がそんな、パシリみたいなこと」

「寮則では、他人の持ち物を勝手に使ったり、移動させたりすることが禁じられている。君はそれを破った。三池の言う通り、ここは三池にペナルティを課す権利がある」

鷹司は三池を見た。

三池は貴道のほうを見る。三池の裁定に託すなど、到底納得しかねるという顔。

「――鷹司に任せる」

断を下した。

「と、いうことだ」

鷹司は、こんな場面ではどうかというような、晴れやかな顔で笑う。

整った顔が綻《ほころ》ぶのを見て、馨はちょっとどきりとしたが、すぐに不満が頭を支配した。

「横暴だ。なんだよこれ。なんであんたらにそんな権利とかあるんだよ。三年生だからって、そんなに偉いのかよ」

「偉いんだよ」

朝倉が言った。

「ものすごく偉いんだよ」

「そういうこと。貴道も納得しただろ？」

三池が引き取り、貴道はまだ悔しそうな顔ながら、さっさと部屋を出て行ってしまった。

とたんに、毅然《きぜん》としていた三池がほうっとため息をつく。

「谷中弟……頼むから、貴道をつつかんでくれよ」

それを聞いた朝倉が手を叩いて笑い始めた。

「なんだよ」

馨はなおも突っ張ろうとしたが、鷹司が肩を叩いて、

「君は、腫《は》れ物に触っちゃったんだよ」

にやりとした。

さきほどとはまた違う、企《たくら》むような笑みに、馨は気後《きおく》れを感じた。

「そうと決まったら、ちょっと部屋まできてくれるかな。渡したいものがある」

鷹司は馨を促《うなが》した。

馨はしぶしぶ、それに従った。このころになるともう、頭はすっかり冷めていて、なんで怒鳴ったり、乱暴をしたりしたのか判らなくなる。

そしてひどく、恥ずかしい。

いつも親から言われていたことを、早々にやってしまった。どこに行っても、自分は自分でしかないのか。

あんなことで逆上した自分が情けなかった。


鷹司の部屋は、二階にあった。山に面しているほうの廊下の奥である。

「……二人一室じゃないのかよ」

八畳ほどの部屋に、ベッドと机、クローゼットがあるだけのシンプルな内装だ。机の上に、聖書が置いてある。

「原則的にはね。三年ではあと貴道と三池は個室を使っている」

「権力主義じゃん」

つっかかるようになる馨を、鷹司はあやすような笑いで制した。

「で？　渡したいものって」

なんとなくむっとして、馨はぶっきらぼうに問うた。

鷹司は机の引き出しを開け、なにやら取り出すと手をこちらに差し伸べる。

「？」

見たことのないものだ。手のひらに収まるぐらいの、薄い合成樹脂のケース。

「あー、知らないか。ま、そうだろうな。俺だって使ったことはないからね」

「……なんだよ」

「ポケベル」

「はあ?」

「ある種の通信ツールだよ。携帯が普及する前に――」

「知ってるよ。それぐらい。俺が生まれた頃までは、携帯の代わりだったんだろ」

馨は鷹司を睨んだ。子どもに言って聞かせるような物言いが、癪《しゃく》にさわる。

「そう。じゃ、これ」

差し出されて、つい受け取ってしまった。受け取ってから、はっと気づく。

「こんな骨董品《こっとうひん》、俺に渡してどうする気だよ」

「呼ぶ時に便利だろう。それが鳴ったら、俺のところにきて。そうしたら、俺が君になにか用を頼むから。なにしろ携帯も禁止されてるからね。なにかの役に立つかと思って、持ってきて正解だった」

鷹司の自画自賛も、馨には関係ない。

「俺に、あんたの犬になれと?」

「パシリだよ。さっき自分でそう言ったじゃないか――だいじょうぶ。そんな無理難題は押しつけないから。せいぜい、お茶を持ってきてもらう程度」

「メイドじゃねえか！」

「なんでもいいよ。それが君のペナルティなんだから」

いきり立つ馨をよそに、鷹司は涼しい顔である。

なんの問題もない、と言いたそうなその顔を見上げ、馨はぐっと拳を握りしめた。

「……俺がいやだと言ったら？」

「貴道のやりたいようにやらせる」

馨は顔をしかめた。あんな高飛車な気取り屋の言うことなど、なんであれ絶対に聞くのはいやだ。

すると、残された道は自動的に二つしかない。鷹司の犬になるか、それともここで鷹司をぶちのめすか。

だてに鍛《きた》えてきたわけではない。体格で勝る鷹司相手でも、勝つ自信はある……しかし、ここでいきなり暴力事件など起こして、退学にでもなったら本末転倒だ。

「……判ったよ」

馨はしぶしぶ言った。ポケベルをズボンのポケットにしまう。

「そう。納得してもらえてよかったよ。じゃ、これも」

鷹司は、さらにメモのような紙を差し出す。

「数字と五十音の対照表。いつも部屋にいるってわけじゃないから、居場所をそれに打つ」

「こっ、こんなもん……」

渡された紙を手に、馨は理不尽ななりゆきに不満がいっぱいだ。

しかし、「やってられねえ！」とキレるわけにはいかない。それこそ貴道の思うつぼだ。

「……」

折りたたんで、ポケベルと一緒にポケットに入れた。

「それじゃ、行っていいよ」

鷹司は晴れやかな笑顔で言う。

こっちは笑うどころじゃねえよ。

身から出た錆《さび》とはいえ、納得いかない。

憤懣《ふんまん》を抑えつつ、馨は部屋を出た。階段を下り、踊り場にさしかかったところで、足を止めた。

「……！」

相手も、驚いた顔をしている。

階段を上がってきたのは、谷中広明——兄だ。

捜し求めていた相手である。偶然とはいえこんなところで鉢合わせするなんて、なんという幸運。

などとは思えなかった。こんな屈辱感を背負っている時に、会いたくはなかった。やられた姿を見せたくない。

「や、やあ」

ややあって、兄が言った。

「ひさしぶりだね、カオルちゃん」

「ちゃんづけで呼ぶなって言ってんだろ」

言いたいことは山ほどあるのに、結局家で何度も繰り返された会話になってしまった。

「俺が来るの、知ってたわけ」

驚きはしているが、びっくり仰天というふうでもない。なにも知らされず自分がここにいるのを見たら、きっともっと動揺するはずだ。

「う、うん。お母さんが手紙で知らせてくれたから——なんか大変だったみたいだね、受験勉強。塾にも通ったりしたんだって？」

「……。今度は逃げなかったんだ」

「逃げるなんて。俺、べつに逃げる理由なんか」

「あるじゃんか、俺」

馨は兄を睨んだ。

「俺がいるから、家を出たんだろ。俺をもてあまして、こんな山奥の学校に進んだんじゃんか」

「そんなことは——っていうか、カオルちゃんが俺を嫌うから」

広明は、困ったように言った。

「同じ家の中に俺がいると、なにかと不愉快らしいから、離れただけだよ」

「俺が悪いっていうのかよ」

「そうじゃないけど、家族の誰かがいやな思いしてるような家は、やっぱりまずいじゃん」

「俺はっ」

追及をぬらぬらと躱《かわ》す兄に、馨は苛立った。

「出てけなんて言ってない！」

広明はやはり困った様子だ。黒目がちの丸い眸《ひとみ》から目を逸《そ》らし、馨は肩で息をした。なんで鈍いんだ。もうこれは犯罪だ。だからここでいきなり抱きしめてキスの一つもかましてやっていいはずだ。

と思うのだが、広明がやすやすと自分の腕の中に堕《お》ちるとも思えない。こう見えて異常に腕の立つ兄である。体格差はおそらく関係しないだろう……。

じりじりしながら睨みつけていると、広明の後ろから人影が現れた。

「どうした、ヒロ」

玄関で馨の土足を指摘した人男である。背も高いが横幅も立派なもので、なんとなくだがテディベアが頭に浮かんだ。

「なんでもないよ、チャーリー。うちの弟」

「ヒロの弟？　さっきホールで暴れたとかいう？」

もう寮内に伝わっている。馨は頬を強張《こわば》らせた。

相手は全然気にしないふうに、

「どんな乱暴者かと思ったけど、かわいいじゃん」

馨がかちんとくるようなことを言う。

「それはそうと、ヒロ、こないだ欲しいって言ってたあの耳搔《か》き、買う？」

熊はまったく関係のない話をしながら、階段を上がってくる。それにつられたように、広明も上がってきた。

「じゃ、カオルちゃん」

通り過ぎ際、兄はにこっとした。

こんな時に、よくそんな顔ができるよ。

だが、それが兄という男である。どんな時にも、心に少しの余裕を残しているようにふるまう。飄々《ひょうひょう》として、とらえどころがない。なにを考えているのかなんて、本人以外には判らない。

「スコープつきっていうのがいいよなあ」

「きっとでかい耳クソがボロボロとれるんだろうねえ」

また逃げた。

去って行く兄の背中を睨みつけ、馨は唇を噛んだ。


ぐれたのには理由がある。馨だって、生まれた時から拗《す》ねた暴れん坊だったわけではない。中学生になるまで、自分の出生を疑ったことなどなかった。谷中家の次男、料理上手な専業主婦の母親と、商社勤めの父親。格闘技オタクで頭のいい兄。陽気な家族に囲まれて、のほほんと育ってきたはずだった。

きっかけは、文化祭で化学部が行った血液診断テストだった。

皆がやっているので、馨も検査を受けた。その結果、ありえない血液型が検出された。馨以外は全員B型の家族。馨の血液型は、A型だった。

疑問を感じて、下校するなり母親を問い詰めた。

その結果——。

自分は本来なら「谷中馨」ではなく、父方の叔父の義理の姉夫婦である谷中の家の人間とは血縁すらないということを知った。

俺は誰だ？　そんな疑問よりも、騙《だま》されていた悔しさのほうが大きかった。悔しさよりも、両親と兄が本当の家族ではなかったことの哀《かな》しみが勝った。哀しみより、自分には血の繋《つな》がった家族がいない孤独感が胸にぽっかり穴をあけた。

哀しみは心の奥に沈み、悔しさだけが残った。悔しさは暴力に変わり、馨は家の中で暴れるようになった。部屋に鍵をかけ、机からクローゼットの中身から、すべてを摑み出して床に叩きつけた。ドアを破って入ってきた母親を殴った。

咎《とが》められて、「じゃあ俺の家族はどこにいるんだよ」と言ったら、両親はなにも言わなくなった。それをいいことに、馨は家の中で暴君のようにふるまった。

そのうちに、怒りの大部分は二つ上の兄に向かうようになった。同じ家に兄弟として暮らしながら、兄のほうだけが両親の子どもであり、分け隔《へだ》てなく与えられていたはずの愛情を実は兄が独り占めしているに違いないと嫉妬《しっと》した。

殴りかかっても無駄なことは判っていた。その頃は兄のほうが身体も大きかったし、格闘技オタクでいつのまにか少林寺《しょうりんじ》の使い手になっていたらしい。もともと運動神経がよく身のこなしも軽い兄である。

誰も気づかなかったが、ある日兄は功績を打ち立てた。満員電車の中で痴漢を捕まえ、引き下ろし、逃げようとしたところをスリーパーホールドでしとめたのである。被害者のＯＬが、両親同伴でお礼を言いに訪れた。痴漢は百八十センチ九十キロの大男で、高校時代は柔道部だったという。

決して体格もいいほうではない。本人いわくの「通信教育」の少林寺が怖ろしいほど成果を上げたことを家族は仰天《ぎょうてん》しつつ知った。

そんな兄だが、弟思いの優しい兄貴だった。怒られたことも、手を出されたこともない。いつもにこにこして、馨の話を聞いてくれる兄を、その優しさゆえに馨は憎んだ。

——どうせ俺はこの家の子じゃないいんだ！

——兄ちゃんに俺の気持ちは判らない！

馨が詰《なじ》ると、広明は困ったような笑顔になって、「そんなことないよ、カオルちゃん」「カオルちゃんはこの家の子だよ」と繰り返すのだった。

そんなことを言われても、ちっとも嬉しくない。言われれば言われるほど、莫迦にされた気がしていっそうつっかかった。そのうちに、なんで兄を憎んでいるのか、どうして兄の挙動がいちいち気になるのか、馨の中に疑問が芽生えた。

実子でないと発覚した後も、両親も兄の態度も変わらない。みんな今まで通りの四人家族だ。広明が不在の時には、そう思うこともあった。しかし、兄の顔を見ると馨の中にかあっと燃え上がるような勁《つよ》い思いが湧き上がる。

その激情が、憎悪だけではないことに気づいたのはいつだったのか。馨は二年生になり、兄は遠く離れたところにある全寮制の男子校に進学するという。

逃げた。

そう思った。詰め寄られ、呪詛《じゅそ》を聞かされる毎日から、やることなすことにいちいち神経を尖らせる者が家の中にいるという苦しさから、自分から、このたぎるような思いから。

兄は逃げたのだ。

赦《ゆる》せないと思った。馨はまだ、心の裡《うち》にあるすべてのものを広明に提示していない。まだまだ言いたいことがある。ぶつけたい思いがある。

赦せない……馨の内側には、どろどろとした怒りが渦巻いた。渦巻くままに、脅迫状めかした手紙をいくら送りつけても、広明からはなんの感想もなく通りいっぺんな時候の挨拶が返ってくるばかりである。

やっぱ逃げる気なんだ。なら、追いかけて行ってやる。

両親と三人で砂を嚙むような毎日を送りながら、馨はボクシングジムに通った。身体をしぼり、筋肉をまとい、兄を凌駕《りょうが》する勁さを身につける。

そして、無敵の自分が広明を押さえつける——肉体的にも精神的にも屈従させてやるのだ。思ったほどガタイはよくならなかったが、それでも身長は広明を越え、去年、馨は兄と同じ青藍高校を受験することを両親に告げた。

自信満々で乗り込んだのに、あっさり躱《かわ》されてしまい、馨の野望は出鼻を挫《くじ》かれた様相だ。

不満を抱きつつガブリエル寮に戻る。スリッパを出そうとして、荷物はまとめて送っていることに気づいた。

スリッパ。スリッパごときでけちのついた入寮初日だ。面白くない。

靴下はだしで階段に向かった時、後ろから、

「あのー、谷中馨くんですか？」

声をかけられ、振り返った。

ピンク色の頬をした、子どもみたいな男が立っている。いや、一瞬性別すら疑った。目のくりくりとした、可愛らしい顔。小柄で華奢《きゃしゃ》な身体つき。紺色のジャージの上に、なぜか白い割烹着《かっぽうぎ》を着ている。

「……谷中は俺だけど」

「よかったあ！　探してたんだ」

相手は嬉しそうに近づいてきた。手にした角2の封筒を差し出す。

「健康診断書。君で最後だよ。明日の朝、舎監《しゃかん》の先生に提出すること」

入学前にいろいろな検査を受けたことを思い出した。血糖値や白血球の数まで調べて、どうするつもりなのかと考えたものだ。

それにしても、こいつはなんだ？　どうやら、全員に診断書を配っていたらしい。

馨の疑問に気づいたか、相手はにっこりして、

「奈々村《ななむら》縁《ゆかり》といいます。寮のお手伝いをしています」

ぺこりと頭を下げた。

お手伝い？　この寮で働いている？　だから割烹着なのか？　いや、ということは社会人？

馨はしげしげ奈々村の顔を見た。どう見ても中学生なのだが。

「谷中くん、自分の部屋判る？」

問われて馨は我に返った。

「あ、たしか二階の……何号だっけ」

「案内するよ。あ、きゅーちゃーん」

急に伸び上がると、玄関のほうに向かって手を振る。

視線を追った。私服姿の男が、上がってくるところだった。

「ちょうどよかった。きゅーちゃん、この人が谷中くんだよ」

馨は相手を見た。背が高くて大人っぽい、愛想のない男だった。じろりとこちらを一瞥し、

「そう」

低い声。

まさかとは思うが、こいつも一年生なのか。どう見ても二十歳過ぎなのだが。

しかも、

「谷中くん。同室の久和光司《くわこうじ》くん」

って、同じ部屋かよ！

「ちなみにクラスもいっしょだよ」

久和が目礼《もくれい》してきたので、馨もちょっと頭を下げた。

「部屋はきゅーちゃんが知ってるから。案内したげて、きゅーちゃん」

「ユカは？　まだなんか用事があるのか」

「ないよ。これから部屋に戻って明日の準備」

「じゃ、あとでホールにこいよ。親がシュークリームよこしたから」

「わあい。愉《たの》しみにしてるねー」

奈々村は全身で喜びを表現すると、廊下の奥に消えていく。

その背中を、馨はなんとなくため息で見送った。

「おい」

奈々村に対する時とは、うってかわった乱暴な口調で久和が呼ぶ。

「俺らの部屋はこっちだ」

剣呑《けんのん》な目つきで階段のほうを指す。

なんだよと思いはしたが、馨はその後について階段を上がっていった。

部屋には既に荷物が届いていた。それぞれの壁際にベッドと机。クローゼット。

鷹司の部屋にあったのと同じものだから、たぶん作り付けなのだろう。ずいぶん手狭な印象だが、広さは鷹司の部屋と同じはずだ。二人分の家具を置いたところを見ると、狭く感じた。

「どっちがいい」

部屋を見回していると、久和が言った。

「え？」

「ベッド。どっちでも、お前の好きなほうをとりな」

ものすごく低い声で、ものすごく悪い目つきだが、言っている内容は気遣ってくれている。

無愛想なのは地らしい。そうと判ると、悪印象は薄れた。

「どっちでもいいよ。こっちにいるから、じゃあ俺はここで」

右側のベッドに、馨は腰かけた。

久和はそれきり無言で、スーツケースを開けている。

馨も荷物を解いた。大したものは持ってきていない。着替えと洗面用具、ＭＤウォークマン。マグカップに箸《はし》、マンガ本。

収納をすませてしまうと、五時すぎだった。説明によると、夕食は六時からである。まだ少し間がある。

音楽でも聴こうかと立ち上がった時、久和が、

「おい」

とまた呼んだ。

「……ホールに行かねえか」

もしかして誘われているのだろうか。この剣呑な男に。

「シュークリーム、今日中に食っちまわないといけないから」

シュークリームという単語が、これほど似合わない男も初めて見た。

しかし誘いはありがたく受けることにして部屋を出た時だ。

突然、ポケットの中でピーピーなにかが鳴きはじめた。

なにか——ポケベルだ。

馨はごそごそとポケットを探った。もしかしなくても鷹司からの呼び出し。さっそくパシらせようというわけか。反抗心を渦巻かせつつも、さっきもらったメモで数字と文字をつきあわせた。

部屋にこいということらしい。

「悪い、俺、ちょい用事」

「そうか」

なんの用事とは訊かない。いまどきポケベルを携帯している馨を見ても、特に退《ひ》いたふうでもなく、馨は久和に内心感謝した。

一緒にラファエル寮に向かう。渡り廊下を過ぎ、玄関に出たところで。

「じゃ」

と馨は階段のほうに向かった。

「おい」

またた。今度はなにかと馨は振り返った。


「用すんだら、ホールにこいよ」

……見かけによらず、優しい男だ。


「判った。シュークリーム、俺のぶんもとっといて」

馨は階段を上がった。鷹司の部屋の前でひと呼吸おき、ノックする。


「お。きたか」

鷹司は椅子ごとこちらを向いた。携帯を手にしている。


「きたか、って……あんたが呼んだんだろ」

「そうだけど。本当にくるかどうかと思っていた。本当にきたんだな」

「なんだよ、それ」

馨はのほほんとしたその顔を睨みつける。


「だいたい携帯は禁止だろ。なんであんたが持ってるんだ」

「そりゃ、君を呼び出すため。電話がないとベル鳴らせないでしょ」

「んなわけねーだろ！」

馨はかっとなった。


「いやいや。まあ、あれだよ。魚心《うおごころ》あれば水心《みずごころ》。生徒会役員や寮長に限って一人で一部屋使ってるのと同じ理由だと思ってくれればいい」

チクっても無駄ということか。

馨は唇をかみしめた。

「いや、君反抗的だし。ポケベルもそこいらに棄《す》てるんじゃないかとね」

棄ててもよかったのか。

「……なんだよ用事は」

「ここにくること」

「はあ？」

「言ったじゃないか。本当にくるかどうか確かめたかったって」

この野郎。馨はかっとなって思わず手を出しかけた。すんでのところで思いとどまり、代わりにポケベルを摑み出した。莫迦にしやがれだ。

「なに？」

「返す。っていうか受け取らねえ。なんであんたに従おうと思ったのか、さっきの俺の気持ちがさっぱり判らん」

「なんでって、それはやっぱり、生徒会による制裁が怖いからでしょう」

生徒会と聞いて、馨は理性を取り戻した。貴道の高慢な表情が脳裏に蘇《よみがえ》っている。

「……」

あいつにだけは屈したくない。

のろのろとポケベルをしまった馨を、鷹司は面白そうに眺めている。

「悪かった。これからは、特に用もないのに呼んだりしないから」

「当たり前だ！」

「そう怒らないで。そうだいいものをあげる」

鷹司は引き出しから丸い缶を取り出した。赤地にテディベアが描かれている、これまたファンシーな缶だった。

「タフィー。朝、調子が出ない時の頼もしい味方だよ」

缶を馨の手のひらに乗せ、鷹司はにっこり笑った。

「ん？　どうした？」

死ね。

輝くような笑顔についひきこまれそうになり、馨はそんな自分を戒《いまし》める。だまされるもんか。

「ほんとごめん。でも、きてくれて嬉しいよ。ありがとう」

無言で踵《きびす》を返した馨の背を、思いがけない言葉が追いかけてきた。

感謝する気持ちがあるなら、用もないのに呼び出すなってんだ、くそったれ。

ドアを乱暴に閉め、馨はすたすた階段を下りた。

最悪だ。なんでこんなことになってしまったのだろう。やはり、ポケベルを持たされたあの時に、きっぱり拒否しておくべきだった。

あの貴道の言うことなど聞きたくない。そう思った。しかし、生徒会でどんな決議がされようと、そんなのは無視して校則だけを守っていれば鷹司の犬になどならなくてすんだのではないだろうか。

だが遅い。罄はこうしてここにきているし、今きたということは、これからもくるということなのだ。

逆らえない運命みたいなものを感じ、罄は己《おのれ》の不運を嘆く。そしてひとしきり、鷹司に悪態をつく。なんだよかっこつけやがって。クソ野郎。入ってきたばかりの一年生を、普通いきなりパシリに使うか？　超いやな奴。超超超いやな奴！

そのいやな奴に、命運を握られている自分を思うと、罄は悔しさで目がくらみそうになった。

それもこれも、と、最後にはそこに辿《たど》り着く。兄貴のせいだ。

二つ違いの兄弟だった。仲のいい兄弟だ。小さな頃から、罄は広明の行くところどこへでもついていき、兄の友達に混ざって遊んだ。

子どもにとって、二年の開きはかなり大きい。兄はともかく、遊び仲間からすれば稚《おさな》すぎて面白くなかっただろう。今ならそう判るが、その頃の罄にはそんなことは判らなかった。おもちゃも洋服も、兄と一緒でなければいやだった。

金魚のふんみたいにくっついてくる弟を、広明はどう思っていたのだろう。正直なところを知りたい。けれど、今広明にそんな質問をぶつけたところで、「可愛かったに決まってんじゃん」などと躱されてしまうのだろう。弟を疎《うと》んじたことなど一度もないと。弟だから、どこにでもついてきてもかまわなかったと。

弟ではなかったのだが。

広明はいつから知っていたのだろう。馨が血を分けた弟ではないことを、いつ知ったのだろう。

谷中家に引き取られた時、馨は一歳だった。広明は三歳になったばかりだ。家に突然出現した赤ん坊を、弟が生まれたのだと説明されたら素直に信じただろう。

真実を知った時、馨はもちろんショックを受けたのだが、同時に広明もまたこのことを知らないのだろうと思った。なぜだかは判らない。兄と自分は同じものを見て、同じものを与えられて育ってきたのだから、自分の知らないことを兄が知っているわけがないと考えた。

その日、馨が母親を問い詰めている時、広明が帰ってきた。ただごとでない様子に、驚いている広明に、馨は言った。

「兄ちゃん。俺、この家の子じゃないんだ。お父さんとお母さんから生まれてきたんじゃないんだ。今日判ったんだ。俺はもらいっ子だって」

蒼白な顔色で黙り込む母親から視線を移して広明を見ると、兄はぽかんとした顔で、

「なんで判ったの？」

馨にではなく母親にそう訊ねた。

それで、馨には判った。兄は知っていたのだということを。一緒に飯を食って、一緒に風呂に入り、二人で泥まみれになって遊んでは母親を嘆かせていた、その兄は、馨が本当の弟ではないことを知っていたのだ。本当の弟じゃないのに、転べば救け起こし、泣いていたら慰《なぐさ》め、いつも一緒に遊んでくれていたのだ。

広明がなにを思いながらそうしていたのかと考えると、裏切られたような悔しさと怒りが馨を襲った。

「兄ちゃんの嘘つき！　卑怯者《ひきょうもの》！」

広明はなにも嘘をついていないし、卑劣なまねをしたわけでもないのだが、馨にはその時、そう言って責めることしかできなかった。弟じゃなかった。兄ではなかった。一番近くにいて、一番頼れると思っていた相手とは、なんの血のつながりもなかったのだ。

とにかく、自分だけが知らなかったことがショックだった。家族がほんとうの家族ではなかったと知ったのもショックだったが、それ以上に家族……だと思っていた人たちが、皆で自分を騙していたことが悔しい。育ててもらったことを思えば、騙されたなどとは恩知らずでしかないわけだが、「谷中家の末っ子」としてぬくぬく甘やかされてきた馨にとって、自分だけが

知らなかった秘密を知るのは屈辱《くつじょく》だった。

「カオルちゃんは俺の弟だよ。血がつながってるとかいないとか、そんなこと関係ない。俺はずっとカオルちゃんを弟だと思ってきたよ」

広明の言葉は、弁明のためのきれいごとにしか聞こえなかった。馨は手近にあった雑誌を兄に叩きつけた。紙の刃が広明の顔を切り、うっすら血を滲《にじ》ませた。

傷つけてしまった。どんなわがままも赦し受け入れてくれた兄の顔に、血の筋跡をつけてしまった。

馨は混乱し、動揺した。そのまま、階段を駆け上がって自室に逃げ込んだ。鍵をかけてそのまま床にへたりこんだ。

ややあって足音が聞こえ、ドアが控えめにノックされた。

「カオルちゃん？　開けて」

広明の声に、馨は耳を塞《ふさ》いだ。

「話をしよう、カオルちゃん」

「うるさい！　放っておいてくれ」

言い訳など聞きたくなかった。労《いた》わりなんか要らなかった。

「怒らないでよ」

広明の困ったような声。

「怒ってねえよ！」

怒る筋合いなどない。自分はただの居候なのだから。

居候に逆ギレされてんのに、なんでそんなに弱腰なんだよ。

ドアを蹴破って、張り倒されたほうがましだった。そんな、優しげな声を聞くよりは。

もらいっ子のくせにと、罵《のの》られたほうがよかった。

広明は優しすぎた。

その優しさに焦《じ》れ、なんでこんなに腹が立つのだろうと考えた。広明は悪くない……頭では判っている。血を分けた弟だとしても赦せないようないたずらにも、怒ることなくただ、「しょうがないなあ、カオルちゃんは」と笑う。

子どもの頃はただ、兄ちゃんは優しい、偉いんだなと思っていたが、広明が中学生になってから、そんな兄に苛々している自分がいる。あのあやふやな笑顔で、どんな深遠もぶっ飛ばしてしまう広明が、たまに憎い。

それは、広明と一緒にいたいのに、広明が友達のほうへ行ってしまうような場面において発生する感情だった。小学生相手に真面目に遊ぶ中学生などいない。だんだんと、広明も友情を優先するようになり、広明が中学生になって以来、馨はそれも不満だったのだ。

広明が奪《と》られてしまう……そんな気がしていた。いつかはそうなる。今はまだ弟のことも少しは考えてくれているかもしれないけど、年齢が上がり、恋人でもできれば馨のポジション――

——いちばん大切な相手——はそいつのものになる。

どきりとした。要するに、俺は兄ちゃんに棄《す》てられたくないんだと気づいた。

広明にそんな気配が見える度に、他の誰かに奪われてしまう恐怖が馨を襲う。必ずその後は兄にまとわりついて、「カオルちゃんが一番大切だよ」と言われるまで離れない。

自分でも、ひどいブラザーコンだと思っていた。

だが、今あるこの感情は、ブラコンプレックスで片付けられる程度のものではない。もっと深く、さらに熱い。

怖いほど傾倒している。そんな自分の気持ちを、馨はそれまで異常なのではないかと疑っていたのだが、本当の兄弟ではないと判って安心した。

安心した後、どうしてこんなに自分はほっとしているのだろうと考えた。

男同士という問題はさておくとしても、実の兄に向けてはならない感情がある。

が、実は二人は兄弟ではなかった。広明へ向かう思いがどれだけ熱くても、それは罪ではないのだと。

納得し、安堵《あんど》し、馨は自分自身知らなかった自分の本当の気持ちを知った。

俺は、兄ちゃんが好きなんだ、と。

弟でも友達としてでもなく、広明が好きなのだと。

その後、帰宅した父親を交えた家族三人でどんな話し合いがもたれたのかは知らない。

食事もとらず閉じこもったきりの馨に、父が穏やかに声をかけた。馨の出生の真実と、谷中家に引き取られることになった経緯《けいい》を淡々と話し、けれど自分たち家族は馨を本当の息子であり弟であると思っている、これまでと同じように普通に暮らして行こうと促し、また階段を下りて行った。

ドアに凭《もた》れて馨はそれを聞いた。父も兄と同じだと思った。いや、三人とも皆同じだ。要するに、いざこざを起こしたくないのだと考えた。平凡な幸福を護《まも》るために、馨を言いくるめようとしている。情や絆《きずな》を強調して、馨の不信を解こうと必死になっている。

なにもかもが莫迦げて見えた。こんな自分なんかのために周章《あわ》てたり、案じたりしている家族――谷中家の人たちは、なんと優しく善良なのだろう。

彼らのことをそんなふうに思うのは初めてだった。罰《ばち》当たりなことを考えていると判ってもいた。

けれど、二親ともに既に亡く、他に血のつながった親族は誰も馨を引き取ろうとはせず――父は言葉を慎重に選んだが、結局そういうことなのだろう――仕方なしに遠縁である谷中の家が養子に迎えることになったと知って、そんな自分が憐《あわ》れでならない。

天涯孤独という言葉が浮かんだ。厳密に言えば違うのだろうが、屋根があって壁に囲まれていても、自分だけが外に出されているように感じた。ひとりぼっち。それだというのに、いつもわがままばかり言って、本当の家族でもない人たちに甘えて——昨日までの自分を、烈しく憎んだ。

広明に向かう思いを自覚していなかった迂闊《うかつ》さを恨んだ。

2

翌日は入学式だった。六時半にめざましをかけておいたが、五時には目が醒《さ》めた。久和《くわ》も同様らしく、馨《かおる》が起きた時には、壁に凭《もた》れて文庫本を読んでいた。こちらに気づき、小さく頷く。おはよう、の代わりなのかもしれない。

だんだん久和のことが判ってきた。昨日食事前にホールで食べたシュークリームの味を思い出す。極上のカスタードも、馨の憤懣《ふんまん》を和《やわ》らげてはくれなかった。にこにこして話しかけてくる奈々村《ななむら》に適当に応じながらも、馨はずっと鷹司《たかつかさ》への怨《うら》み言を胸中で呟いていた。

で、久和はというと、恐るべき速さでシュークリームを片付け、朝倉が寝転がっていたソファに移動したのだった。腕組みをし、瞑想《めいそう》でもしているのだろうか。微動だにしない。

その間に出入りした生徒たちに、奈々村が残りのシュークリームをふるまい——「きゅーちゃんがくれたんだよ」と必ずつけ加えた——最後の一個をさばくと、「さっ、仕事仕事」と言いながら立ち上がった。またねきゅーちゃん。

きゅーちゃんは目を開き、「あんまり根《こん》をつめて、熱なんか出すなよ」とむっつり顔のまま言った。

つまり、怒ったようにしているのも不満そうなのも地顔であり、そこに生来の無愛想がブレンドされたものだから、怖い人という空気が出来上がってしまっただけなのだ。

本当は、友達思いのいい奴《やつ》。

馨は、久和に好感を抱いたのだが、久和が自分をどう思ったのかは判らない。

とりあえずはうまくやれそうな気がした。三年もつかどうかは別として。

朝食は七時からだ。制服に着替え、食堂に向かう。ミカエルやガブリエルからも生徒が集まる。賑《にぎ》やかな室内。

「きゅーちゃあん、谷中《やなか》くーん」

奈々村が窓際のテーブルから手を振っている。

その姿を見て、馨はおやと思った。奈々村は割烹着《かっぽうぎ》ではない。同じ制服姿である。

洋食のモーニングセットを運んでテーブルのほうに行く。奈々村の前には既にトレイが置いてある。和定食を選んだ久和は、まだ行列に並んでいた。

「お前さ、奈々村、ここの生徒なの？」

早々に疑問の点を問い合わせた。

「うん。谷中くんと同じ一年生だよ」

それは、ネクタイの色を見れば判るのだが。

「だって、寮で働いてるんじゃ……」

「働いてるよ。でも、学校にも通うんだ」

どういうこと？　訊《き》き返すより先に奈々村は、

「俺、みなしごなんだ。赤ん坊の時、寮の前に棄《す》てられてたのを、ここの理事長先生が拾ってくれたんだって」

「そ……」

まさかそんなヘビーな事情があるとは思っていなかった。申し訳ないような気持ちになる一方で、自分みたいに、誰からも希《のぞ》まれなかった子どもがここにもいたことに不思議な安堵《あんど》をもおぼえる。奈々村に対し、急に親近感を抱いた。

「引き取ってくれる人がいてそこで育ったんだけど、中学を出たら働くつもりだった。そしたらきゅ、いや理事長先生が、仕事をするなら寮で働いて、昼間は学校に通えばいいって言って、俺もほんとは高校に行きたい気持ちがあったから。だから寮では使用人だけど青籃《せいらん》では生徒なんだ。今日は初日だからここでみんなとご飯食べるけど、明日からは厨房《ちゅうぼう》のお手伝いして、裏で食べるから」

馨の胸中など知らず、奈々村が言い終えた時、久和がようやくやってきた。

「おはようきゅーちゃん」

久和は、奈々村の挨拶《あいさつ》にも目だけで応じた。不機嫌そうな顔で、奈々村の隣にどすっと腰を下ろす。

「お前らってさ、前からの知り合いみたいだけど、同中《ドウチュー》だったわけ？」

馨はもう一つの疑問を二人に投げかけた。

二人ともちょっと首を竦《すく》め、互いに見つめ合う。

「幼馴染」

で、奈々村が答えた。

「中学どころか、幼稚園からずっと一緒だよ」

「へえ。地元どこ？　東京？」

「……どうでもいいだろ、そんなこと」

久和が口を挟んできた。ぶすっとした顔は地顔だからいいとして、声に剣呑《けんのん》な響きが混ざっている。

馨にしても、どうしても知りたいというほどのことではない。それ以上訊くのをやめ、食堂内をぐるりと見回した。

と、入り口のところに見憶《みおぼ》えのある三人連れを発見。三池《みいけ》、朝倉《あさくら》、そして広明《ひろあき》だ。どきりとした。広明は朝倉にじゃれつくようにしながら笑っている。三池が広明の額を小突く。また笑う。

愉《たの》しそうで、親しげなその様子を見ていたら、なんだかむかむかしてきた。視線を逸《そ》らす——と、ひとつ置いたテーブルに鷹司の姿がある。

鷹司は馨を見ていた。目が合うと、なんのつもりかにっこりして頷く。

ぎょっとして、馨はトレイを見つめた。

「谷中くん？」

奈々村の声にはっと目を上げる。

「具合でも悪いの」

「い、いや……」

つついていた目玉焼きの黄身が流れて、すっかり噴火跡の様相を呈《てい》している。

我に返って馨は食事に戻った。鷹司のほうをなるべく見ないようにしながら、目で広明を追う。

虚《むな》しくなってきた。広明は自分に気づきもしない。

と、また鷹司が視界に入ってきた。急いで振り切ろうとしたが遅い。視線を捉《とら》えられた。笑っている。むかつく。馨はフォークを握りしめた。

だいたいなんだってあいつが目に入るんだと思ったら、鷹司は食事を終えて今度は移動中らしい。

まるで、わざと馨の視界に飛び込んできたみたいだった。


高校生活も十日を過ぎると、寮暮らしに馴染んでくる。

日曜日、馨はぶらぶら寮内をうろついていた。

同室の久和は、朝からいない。馨が起きた時、隣のベッドは既にからっぽだった。

外出するには寮長の許可を得る必要がある。一年の寮長は久和だから、誰の許可も必要ないのだろう。

寮長には一人部屋が与えられるというが、一年だけは二人部屋を使うことが決められているらしい。入学したばかりの一年生だ。一つの部屋を使うことにより、他人との距離のとり方や、日常生活におけるマナーなどが身についていく。

寮長とはいっても人の子だから、最初から自由な空間に置くわけにもいかないだろう。

しかし、久和に関してはそんな気遣いは無用だという気もする。入学式で新入生代表を務めたぐらいだから成績はトップなのだろうと思うが、教室ではさほど目立つことのない久和だ。

ただでさえ強面《こわもて》の外見に加え、寮長ときている。休み時間に雑談に興じることもなく、いつも窓際の席でつまらなそうな顔でいる。

そんな久和に、近づく者はいない。近寄りがたいオーラが出ているし、へたなことをしでかして目をつけられたくないというクラスメイトもいる。

つまり、変な意味で畏《おそ》れられているのだった。奈々村だけは——奈々村も同じD組だったのだった——別で、平気で久和に話しかけるし、久和もべつだんうざそうなふうでもなく奈々村に相対している。幼馴染の絆《きずな》は深い。

久和が不機嫌そうなのは、ただその仏頂面《ぶっちょうづら》が地顔なだけだし、もともと口数の少ない男だ。むっつりしているからといって、不満があるわけではない。

ということが判っているので、馨も奈々村同様、久和に声をかけることを躊躇《ためら》わなかった。同じ部屋で寝泊まりしていて、口をきかないことのほうが奇異だ。とはいえ久和と盛り上がるような話題を共有しているわけではないから、話すといっても当たり障りのないようなことばかりだ。軽口を叩いたり、ふざけあったりするような仲では、今のところ、ない。

休日の寮は静かだ。全員ではないが、外出する者も多いし、さらに上級生の中には一日を部屋で過ごす者も少なくない——らしい。

誰の姿も見当たらないので、馨の足はなんとなくラファエル寮のほうに向かった。

娯楽室のドアを開け、中を覗き込む。

真っ先に、ソファにいる広明の姿が目に飛び込んできた。

隣に朝倉。床の上に坐って、こちらに背を向けているのはおそらく三池と、二年生の雨宮《あまみや》という男だろう。この四人は行動をともにすることが多い。食堂でもいつも同じテーブルだし、昨日も一緒に外出していた。

入寮来馨は、広明と二人きりになるチャンスを窺《うかが》っていたのだが、どんな時も隣に誰かしらいて、兄は馨に気づくと目で合図をよこすのだったが、一人でないと話にならない。で、馨はそのままその場から立ち去るというパターンが続いているのだった。

今もそうで、四人はソファの周りに集まり、愉しそうに話をしていた。

「……」

割り込むか無視するかそれともこのまま引き返すか。

最後のは選びたくない。馨はホールに入り、後ろ手にドアを閉めた。朝倉が、真っ先にこちらに気づいた。

「おう、ヒロ弟」

大声で言う。

全員が馨を見た。広明も見た。親しげな笑みがその口許《くちもと》に浮かぶ。

気まずくなって、馨は早々に引き返したかったのだが、

「こっちきたら？」

気さくな朝倉に誘われ、ちょっと心が動いた。

「そういえば、弟とはまだちゃんと喋《しゃべ》ったことなかったな。こいよ」

朝倉は立ち上がり、部屋の隅に積んであった座布団をいきなり放ってくる。

でかい手裏剣《しゅりけん》みたいに、くるりと輪を描きながら飛んできたのをなんとかキャッチして、馨はしぶしぶと——いや、半分ぐらいはドキドキしながら輪に入った。ソファの脇に腰を下ろす。

彼らが囲んでいる床には、ポテトチップスやチョコレート菓子などの菓子類が広げられていた。ウーロン茶のペットボトルもある。雨宮が紙コップをこちらによこしてくれた。

「一杯どうぞ」

「……ありがとうございます」

一応言ったが、心では感謝などしていない。

この雨宮というのは、二年生のくせになぜか三人の三年生と仲がいい。というか、広明と仲がいい。広明と一番親しげなのは同室の朝倉なのだったが、馨は朝倉よりもこの雨宮のほうを警戒していた。おとなしそうな顔をして——実際物静かで控えめなのだが——なぜ三年のしかも目立つグループの中にいるのかと考えると、ものすごい策略家みたいに思えてならない。いや三人を敬《うやま》い慕《した》っている様子は判るのだが、なにか気に入らないのだ。

「カオルちゃん、学校愉しい？　友達できた？」

広明が、向かい側から声をかけてきた。

なんだよ、そんな兄さんみたいに案じるなよ。

思うが、身内ではない上級生の間で、広明を無視するのもなんだと思い、

「まあまあ」

煮え切らない返事をした。愉しいとか愉しくないとかいう以前に、ここに来た理由さえ既に見喪《みうしな》っているような気がする。

「なんだ、友達いないの？　ご飯は、久和くんたちと食べてるよね」

「……久和とは同室だから。クラスも同じだし」

知らん顔してけっこう見ているんだなと思いながら、馨はぼそぼそ答えた。弟思いのところは、昔から変わりない。

でも、弟として気遣われても、全然嬉しくなかった。自己中だと言われようが、馨は既に広明を兄だと思っていないのである――思いたくないのである。

「なんだよ弟、元気ねえなあ。ポッキーでも食えよ」

朝倉に背中をどやされた時だ。

突然ポケットがピーピー鳴りはじめた。

ぎょっとして、馨は服の上からポケベルを押さえた。

「ち、ちょっとすいません。席外します」

立ち上がり、ダッシュした。

「呼び出しだ、呼び出し」

朝倉の笑い声が背中に弾ける。

廊下に出たところで、馨はあらためてポケベルの画面に目を凝《こ》らした。

また、部屋に呼び出しらしい。

この一週間と何日か、毎日鷹司に呼び出されている。食事中や風呂、また朝一だったり消灯後といった非常識な時間に呼ばれたことはないが、寮で過ごす時間の大半を、いつポケベルが鳴り出すかひやひやしていなければならず心臓に悪い。

それになにより、この屈辱感《くつじょくかん》だ。鷹司が馨にペナルティを課したことは、上級生たちの間ではもう知れ渡っているらしい。噂《うわさ》が一年生たちの耳に入るのも、時間の問題と思われる。

それだけでもじゅうぶん腹立たしいのに、呼び出されて命じられることといったら、ノートのコピーとか生徒会の会報を綴《と》じるとか、なんでもないようなことばかりである。自分でやれよと言いたくなるが、自分でやるまでもないからこそ、馨に押しつけるのだろう。

そう思うと、さらに屈辱を感じる。これじゃまるで犬だ。鷹司に飼われて、命じられるままどこまでもボールを追いかけていく。

人権擁護《ようご》団体とかそういうところに駆け込んだら、ひょっとして解放されるんじゃないの？ 思わないでもないが、自分がこんな状態だとこれ以上赤の他人に知られるのは厭《いや》。

あれこれ仮定したり引いたり足したりした結果、その犬の生活に甘んじるほかはない馨だ。鷹司を退《の》けたら貴道《きどう》がくる。それだけは絶対に避けたかった。

あれから何度か貴道を見かけた。整った面《おもて》をつんと上げ、ペルシャ猫みたいに気取って歩いている。たまに取り巻きたちに囲まれていることもある。そのたびむかつく。スリッパごときでこんなことに発展させるなんて、なんと器の小さい男かと思う。男らしくない。そんなのが牛耳《ぎゅうじ》る生徒会って、本当に権威とかあるのか？

だが、スリッパごときで逆上してしまったのも、また事実。短気な自分が恨めしい。ついかっとなって後悔したことは数限りないが、最新で最悪なエピソードだ。そのうちキレて鷹司を刺すことになるかもしれない……。

頭にジャンパーを被《かぶ》せられて連行される自分の、かなりデフォルメされた姿を浮かべながら、鷹司の部屋をノックした。

「やあ」

鷹司はベッドに腰かけて文庫本を読んでいたらしいが、馨を見るとにっこりした。いつもの、快晴、湿度0パーセントみたいな笑顔。

「今日はなんの用事ですか」

憮然として問うと、

「なんだか機嫌悪いなあ。なにかあった？」

言うに事欠いてそんなことを言う。

なにかあったかって？　お前の顔を見たからだよと胸の裡《うち》で毒づく。

「まあいいや。コーヒー買ってきて。ジョージアの普通のでいいや」

完全にパシリだ。

文句を言えない自分が憎い。渡された小銭を握って、出奔《しゅっぽん》してやろうかと考える。

「二本ね」

黙って踵《きびす》を返した馨の背中に、追い討ちがかけられた。

一階の玄関脇に並んだ自動販売機で缶コーヒーを二本買う。なんでこんなこと俺がやんなきゃいけないいんだと思うが、拒《こば》めない弱みがある。しかも、いつまでこれが続くのか判らないときている。

「当分の間」と鷹司は言った。当分ってどのくらいだ？　あと何ヶ月もこんな生活では、やっていられない。

身から出た錆《さび》とはいえ、馨はつくづく運のない自分にため息をついた。あそこにいたのが生徒会の人間だったり寮長だったりしなければ、すみませんでしたと謝ってすんだ話だと思う。あれが鷹司のスリッパでなければ。というか、鷹司のスリッパでもいいのだが、そこに貴道さえいなければ。

苦いものを噛み締めながら、広明より先に、あいつを押し倒してやろうかと馨は考えた。あのすました女顔を歪ませてヒイヒイ言わせたら、少しはすっきりするかもしれない。

……しないか。馨はのろのろと階段を上がった。

鷹司はベッドに坐ったままで、こちらを見る。

「買ってきた」

馨は缶をつきつけた。

「釣り」

次いで小銭を鷹司の手のひらに落とす。

「ありがとう」

鷹司はにこやかに礼を言ったが、なにを思ったか馨の手をそのままぐいと引いた。

バランスを崩し、馨はベッドに倒れ込む。

「な、なんなんだよっ！」

クッションにバウンドしながら叫んだ。

「これは君の分」

平然としたものだ。鷹司はコーヒーの缶を馨に押しつけた。

「おごられる理由ねえだろ」

「おごるわけじゃないよ。ちょっと坐って、話でもしようよ」

「けっ、ごめんだね」

馨は立ち上がった。

「だから。用はまだ終わったわけじゃない。ペナルティとして、俺の隣にいなさい」

「……」

そう言われては、坐らざるを得ない馨だ。気に入らない相手と話をしなければならないというのは、たしかにペナルティの一種だろう。

「学校愉しい？」

しぶしぶながら腰を下ろした馨に、鷹司は言う。

さっきも兄に訊かれたばかりだ。

しかし、兄の問いかけとこいつのそれとはまるで意味が違う。

「愉しいわけねえだろ」

ということを知っていて、しかも愉しくない原因が自分だということを踏まえた上で訊くなんて、やっぱりヤな奴。馨は鷹司を睨んだ。

整った面が綻《ほころ》ぶと、

「はは。たしかに愉しくはないだろうなあ。入った初日から上級生に目をつけられちゃ、愉しいどころじゃないよな」

「判ってんなら、この莫迦《ばか》ばかしいペナルティをさっさと解除しろよ」

「気持ちは判るが、同情はしていないから」

鷹司はあっさり言った。

「そんな目をするなよ。こっちが罰を受けてるみたいじゃないか」

「どうしろってんだよ」

「愉しく語り合えれば」

「愉しいわけねえって言っただろうがっ」

「すぐ怒る」

ぷっとふきだした。

「面白いなあ、君は……谷中とは、あんまり似てないね」

兄の名を聞いて、ぴくりと眉の上が動く。

と同時に、この人を食ったような男をちょっと脅かしてやろうと思った。

「血はつながってないからな」

鷹司は目を見開いたが、それだけだった。

特別動揺した様子もなく、

「そう……谷中も大変だな」

却って馨の怒りを煽《あお》るようなことを言った。

「大変なんだよ。立派な弟を持つとな」

馨は憮然として答えた。

「手がつけられなくて、困って山奥の寮制校に逃げたくなるほど大変なんだよ」

「ほう」

鷹司は少し興味を惹《ひ》かれたふうだ。

「そういう事情か。そして君は、そんな兄さんを追っかけて青籃に入ってきたってわけだ」

ずばりと突かれ、どきりとする。察しのいい男だ。兄も見習って欲しい。誰が好き好んでこんな僻地《へきち》に身を投じるものか。

冷やかすような視線に、馨はむっとしながらも、

「そうだよ。悪い？」

「いや。むしろ羨《うらや》ましい。そんなふうに一途に誰かを思いつめることができる君は、素敵な人だと思う」

「な……」

思っても見なかったことを言われ、馨のほうが動揺した。しかも素敵って、褒《ほ》められてんのか？

「べ、べつに兄貴をどうかしたいなんて思っちゃねーよ。復讐《ふくしゅう》したいだけだ」

「復讐……」

鷹司は呟く。

間があって、馨は沈黙にむずむずした。

「……あんたは、ないのか」

たまりかねて言ってみる。

「誰かを、その一途に」

「思いつめるようなこと？　残念ながらないねえ。あんまりものを深く考えないんだ。喜怒哀

楽がはっきりしていないというか、薄いんだな」

鷹司は他人事《ひとごと》のように言う。

また沈黙。

ものを考えないというのは嘘だろうと馨は思う。こいつはもっとしたたかで、タフな奴のはずだ。深遠そうに唇に潜《ひそ》ませている笑み。飄然《ひょうぜん》としていながら、探ればもっと奥があるに違いない。

いや、だからってべつに探りたいってわけじゃないけど……そんなことを考えている自分に気づき、はっとした。

「あんたは、きょうだいは？」

胡麻《ごま》化すようにまた自分から問う。

「弟三人。四人兄弟の一番上だよ」

「ふーん。男ばっかで、賑《にぎ》やかそうだな」

鷹司は、ちょっと躊躇うような隙を見せた。

あれ？　と思うまもなく、

「賑やかなんだよ。いとこもたくさんいてね、正月に親戚中で集まったりした日にはもう」

涼やかに言う。

「多産の家系らしいから、将来お年玉の配分に悩むんだろうな……馨は、子ども何人ぐらい欲

しい？」

不意に水を向けられ、馨は「馨」と呼ばれたことにも気づかず、

「そんなこと、まだ判んねえよ」

答えた後で、『馨』だってえ？」と思う。

しかしタイミングを逃した。文句も言えず、馨はただ鷹司を睨むだけだ。

「さて。そろそろ解放してあげようかな」

口許の笑みが深くなった。そういえばペナルティ中だったのだ。馨は思い出す。つい話しこんでしまったが、こいつは本来敵だった。

そして、敵は敵役に相応《ふさわ》しく、

「どうもご苦労さま」

にやりとして言うのだ。

「行っていいよ、馨」

言われなくたって出て行くぜ。ドアを乱暴に開ける。

「また頼むよ」

「……くそったれ」

閉まったドアの前で馨は呟いた。

しかし、そのくそったれの言葉や表情が、今日は妙に脳裏に焼きついているのはどういうわ

けなのだろう。

泰然自若《たいぜんじじゃく》として、雲の上からこちらを見下ろしているような態度。高校生とは思えぬ落ち着き。

莫迦にしやがってと思ってきたが、その余裕の陰になにか隠された哀しみみたいなものを今日は感じた。なんでだろう。

いつも用をすませた後は、「ご苦労さま」とにこやかに、そして莫迦にしたように言う鷹司である。こんなふうに話をしたのははじめてだ。

そして、話してみると、案外厭な奴でもないように思える……。

いや、と馨は思い直した。気のせいだ。あいつがいい奴だなんて、俺はまったく、認めないぞ。

3

四月の最終週に、一年生のクラス駅伝が実施された。

新入生からブーイングが巻き起こった、恒例の行事である。

そんな話は聞いていない。俺は走りたくなんかないぞとあがいても、決まりは決まりである。

馨《かおる》も、文句を言いつついやいや参加した口である。なんで一年生だけ、と思うのだが、「こ

れから高校生活を送るにあたって、心身を鍛錬《たんれん》して、清らかな精神と肉体を育む《はぐく》」ためだと言われれば、そうですかと応じるほかない。

レースはその名の通り各クラスのランナーが坂の麓《ふもと》まで往復してたすきをつなぐ。全員参加で、一位になったクラスには賞状と記念品が与えられる。

記念品と聞いて一年生たちは身を乗り出したが、なんの変哲もない「青籃《せいらん》高校校章入り置時計」であると聞いて落胆《らくたん》した。過酷なレースを強《し》いるのだから、せめて麻布叙々苑《あざぶじょじょえん》のお食事券五人分ぐらいは出して欲しい。

上級生はといえば、その日は授業がなく休日になるという。不公平な話だ。

しかし、朝の八時には学校指定のジャージ姿がわらわらと集まってくる。病気以外の理由の欠席者には、反則ポイントがつけられる。累積《るいせき》十ポイントで、反省室送りになるそうだ。そこがどんな怖ろしい場所なのかは噂で聞いている。誰も好んで反省室になど入りたいとは思わない。

というわけで、欠員なし、各クラス三十名四クラスが全員集合と相成《あいな》った。

スタート地点で、馨はぼんやり順番を待っていた。名簿の順に走るから、馨は二十八番スタートだ。二十七周するまで、待っていなくてはならない。

レースは混戦模様だった。トップを走っていたクラスが、次の走者で追い越されたり、また抜き返したり。

D組は快調だった。最初は二番手を走っていたが、久和《くわ》がトップをとり、さらに大きく後続を引き離したから、往路分ぐらいは他のクラスをリードしているらしい。

とはいえ、次の走者によっては順位が変動する。名簿順なので、どのタイミングでエースが走るかという話である。

各クラス、走者の姿が見えると、わっとどよめく。二年生や三年生が、寮のあちこちの窓から顔を出してレースを見物している。中にはコースの途中にいて声をかけたり、飲み物をふるまったりして応援する者もいるらしかった。

いい見世物じゃんか。

窓から覗く顔を睨み上げながら、馨は皆から少し離れたところに坐っていた。友達がいないというわけではない。雑談に飽きて、溜まりを出た。もともと、群れるのが好きではなかった。

そんな馨同様、輪から離れている者が一人。久和はさっきからそわそわとしてスタート地点をうろうろしている。

奈々村《ななむら》が走っているのだ。久和は幼馴染が心配なのだろう。要領の悪い奈々村のことだから、せっかくのリードを保てず抜かされているか、転んで自爆しているかもしれない。

D組は、順位を落として二位につけていた。つけているといっても四組までしかないから、一つ下げても下位に落ちることになる。序盤でトップをとったのに、情けない話だ。今のところ一位のC組の走者は、陸上部員らしい。

「だいじょうぶだよ、ちゃんと帰ってくるって」

馨は久和に声をかけた。久和はちらりとこちらを見た。

「まあ、順位落としてるかもしんないけどさ。ユカ、ドンくさいもんな」

久和はむっとしたように口許を引きしめた。

「人を莫迦《ばか》にするな。自分が体育得意だからって」

「莫迦にしたわけじゃないよ、もちろん」

馨は焦《あせ》って答えた。なにもそんなに怖い顔をしなくても。奈々村の運動能力なんて、全員が同じ見解だと思うのだが。

「それにしても、何キロあるんだろう。麓までってけっこうきついけど」

気まずさを胡麻《ごま》化《か》すように呟いてみる。

久和は矛《ほこ》をおさめ、

「そんな大したもんじゃない。二キロもないだろ」

「二キロでも長いよ。そんなに走れるか」

「途中で歩いたっていい。ぶっ通しで走る奴《やつ》なんてそんなにいない」

「詳しいんだな」

馨が言うと、久和はちょっと鼻白《はなじろ》んだ。しまったという表情。

「兄貴がいるからな」

明かした。

「え、そうなん？　何年？」

「いや、八つ上だけど」

「ふうん。その頃からずっと、これやってんの？」

「兄貴の頃は、天狗《てんぐ》の森一周だったそうだ」

「えっ、天狗の森っつったら、二キロなんてもんじゃないじゃんか」

「全員は走らなかったらしい。クラスの代表が七人……だったっけな」

「天狗の森」というのは、寮を含めた敷地内を囲む山のことである。ミッションスクールらしからぬ呼称だが、この辺りは昔からそう呼ばれているらしかった。

「お前も兄貴がいるだろう？　聞いてないのか」

久和がこちらを見ている。馨は口を噤《つぐ》んだ。少し間をおいて再び開いた。

「兄貴は家に帰ってこないから……帰ってきても、学校の話なんかしてくれないから」

一昨年も去年も、大晦日《おおみそか》に帰宅した広明《ひろあき》のことを思う。三が日まではという母親の願いもむなしく、新年の挨拶《あいさつ》がすむとそのまま寮に帰ってしまった。

「そうか」

久和はそれ以上訊《き》かない。その手の好奇心とは無縁の男である。気にするといったら、奈々村のことぐらいだ。

スタート地点の校門から少し行ったところを右に入る。そこから坂になっている。従って、角を曲がってくるまで選手の姿は見えない。

ぽつぽつ言葉を交わすうち、曲がり角からジャージ姿が現れた。

C組の溜まりがどよめく。どうやらトップを保ったようだ。

「一番」

C組の選手は、迎えるクラスメイトの中に倒れ込むようにして、順位を告げる。

「うちの走者は？」

久和が問うたが、答えられず苦しそうだ。

「わから……だ、けど誰か転ん……で」

D組が沸いた。C組とはまた別の意味で騒がしくなった。

「ユカだ、ユカ」

「コケるなんてユカらしいな」

「まさか俺らドンケツ？」

皆が口々に言う中、角のほうに目を凝《こ》らした馨は、そこから誰か回ってくるのを見た。

「ユカ！」

一足早く久和が駆け寄る。今度はC組と同じように沸き返る。どうやら順位をキープしているらしい。

「に、にば——」

「よくやった。よくやった、ユカ」

長身で奈々村を包むように抱え、久和は芝生のほうに連れて行った。

見送って、馨はほうと息をつく。すぐ三番手が現れた。キープしたといっても僅差《きんさ》だ。奈々村の前の走者まではだいぶ引き離していたから、やはりここで時間をくったようだ。だいぶ経《た》ってから、最下位が帰ってきた。膝から血を流している。転んだというのはB組の奴らしい。

差を詰めたり広げられたりしながら、D組は二位をキープしていた。

やがて馨の出番になる。たすきを外しながら走ってくる前走者に「ナイスラン」と声をかける。C組が出発してから、一分ほどだ。

足には自信がある。二キロある。追い越すにはじゅうぶんな距離だ。

「無茶すんなよ」

久和が言った。浮き足立っているように見えたらしい。実際、たすきを受け取るや馨は全力でダッシュした。

「ペース配分!」

久和が叫んだが、関係ない。上りで差を詰めるのは難しいだろう。なら、下り坂を利用して、行けるところまで行くしかない。

ほどなくして、前を行く選手の背中が見えた。さらに加速して一気に追いつく。

余裕の一人旅をしていたC組の奴が、びっくりしたように馨を見た。

「マジ？」

抜かされるとは思っていなかったのだろう。

麓で待っていた体育教師が、馨の勢いに気圧《けお》されたように、

「一位。D組谷中」

携帯で、どこかに連絡している。区間賞とか、あるんだろうか。

折り返し、帰路につく。

すぐに、久和の忠告が身にしみて思い出されるようになった。

前半で力をほぼ使い果たしたためか、足が思うように動かない。すぐ息が上がってしまう。

身体が重い。

追い抜いたはずのC組の走者が、そこまできていた。やがて、荒い息遣いが聞こえ、身体の後ろに風が起こった。

相手も相当へばっているようだ。肩で息をしながら、よろよろ走っている。

それでも、馨ほど消耗《しょうもう》していないのか、少しずつその背中が遠ざかる。二メートル、三メートルと引き離された。

もうだめか。あきらめかけた時、下草がざわざわ音を立てて、脇道から誰か現れた。

馨は目を剝《む》いた。

「かなりやられてるなあ」

愉しそうに言う鷹司《たかつかさ》を睨《ね》めつける。

「なんだよ、冷やかしに来たのかよ」

こんなところを見られて、なぜか恥ずかしい。

「応援だよ。ほら」

鷹司は軽く言い、スポーツドリンクのペットボトルを手渡した。

「……」

「我慢しないで。脱水症状起こすよ？」

意図が判らない。ずっとここに潜《ひそ》んでいた？　選手全員に声をかけているのか？　ただのいやがらせ？

いくつもの疑問が浮かび上がり、そんなことが気になる自分自身の気持ちがまた判らない。

「わざわざこのためにここにいたのか？」

「馨の頑張りが見たくてね」

「……」

なんだそれは。僅《わず》かに動揺したが、立ち止まって話している時間などない。走りながらペットボトルの蓋《ふた》を開け、中身を呷《あお》った。冷たい水分が身体を潤《うるお》す。力を取り戻す。

「抜かしたくない？」

鷹司が併走《へいそう》しながら、見える背中を指した。唆《そそのか》すような顔つき。

「できるもんならそうしてる。放っとけよ」

「あきらめがいいなあ。若いんだから、もっとハングリーでなくちゃ」

「ごちゃごちゃうるせえな。ついてくんなよ」

「じゃ、俺を引き離せばいい」

鷹司は、意味ありげな目つきになった。

「もっとスピード出さないと、どんどんよけいなことを言うよ？　俺は」

「スピードなんて……」

「情けないなあ。ほら、あっちだってかなりこたえてる。君に少しの根性があれば、追いつける」

「根性メソッドなんて、今どき通用しねえよ。そんなんでトップとれるんなら、誰だって根性ぐらい出す」

「そう言って、敗《ま》ける自分を胡麻化すんだ」

鷹司は正確なストライドで歩を刻む。馨のスピードに合わせているためか、息一つ乱していない。

「あんたに関係ないだろ」

「俺を排除したって、追いつけないと思うけど。一番になりたいだろう？」

「……消えろ」

苛立たしくなってきた。お節介な鷹司にではなく、いちいち相手になっている自分に。関係ないといいつつ次の言葉を待っているような。なんだこれ？

「ぶっちぎれば消えるさ。それとも、そんな自信もない？　意外に弱気なんだな」

挑発されていると判っているが、言われるとやはり悔しい。こんな奴、振り切ってやる。そう思うと、足に力が戻った。

いける。

馨はスピードを上げた。どこにこんなエネルギーが残っていたのか。プライドが奇蹟を起こしたか、どんどん足が前に出る。

「ほら……やればできるじゃないか。いい走りだ」

「うるせえ」

振り返って怒鳴る。すぐ真横にあった鷹司の吐息は、もう感じられないほど後ろにあった。

ぐんぐん走る。風が頬を切る。汗がTシャツに滲《にじ》む。すぐそこに、前を行く選手の背中がある。

ぐっと大きなストライドで踏み込んだ。ほら、もう少しだ。並んだ。抜いた。

最後の力を振り絞り、馨はスパートをかけた。角を曲がる。

校門の前で、クラスメイトたちが歓声を上げた。苦しい。息が上がって、倒れそうだ。なお走る。ゴールが近づいてくる。

最後はほとんどよろめくようにして、次の走者にたすきを渡した。そのまま、地面に突っ伏した。

「ナイスラン、谷中《やなか》くん！」

顔を上げると、奈々村が微笑《ほほえ》んでいた。

「やるじゃん」

と久和。

すぐには言葉が出なかった。馨はゆっくり起き上がり、手にしたペットボトルを再び呷った。飲みきれなかったドリンクが、顎から胸に伝ってゆく。

「あと二人だね。リード護《まも》れるかな」

奈々村は嬉しそうだ。

結局、後の二人が順位をキープして、D組は優勝した。

最後のランナーをゴールに迎え、歓声の渦が青空に吸い込まれる。皆抱き合い、肩を叩きあい、互いの健闘を称《たた》えていた。

その後グラウンドで表彰が行われ、賞状を真ん中にして記念撮影をした。副賞の時計は——まあ、これはこれでいい。

それとは別に、馨には缶ジュース二十九本が授与される。

「ＭＶＰだよ」

奈々村がにこにことして言った。

「俺が足ひっぱっちゃったのに、優勝できるなんて。谷中くんはすごいよ」

……それもひとえに、鷹司に対する意地のおかげだ。

そう思うと、馨は素直に喜べなかった。鷹司が、こうなることを期待して自分を煽《あお》ったのが判っていたから。抜き返された時、二位なんだからまあいいかという考えが過《よ》ぎったのもたしかだ。

鷹司が現れなかったら、そのまま二位どまりだった。鷹司がいたからこそ、優勝できた。ＭＶＰは、鷹司に贈ったほうがよさそうだ。そんなふうに、栄光を横取りしたみたいに感じる自分が悔しい。

鷹司に、借りを作ったような気分だった。


二十九本のうちの十本の缶を抱えて、渡り廊下を馨は歩いた。

寮に戻って、風呂に入った後、夕食の前の短い時間である。

ラファエル寮に入ると、階段を上がった。鷹司の部屋のドアを叩く。

気配がして、ドアのむこうから人影が現れた。

「あ——」

鷹司かと思いきや、貴道《きどう》である。

馨の顔を見ると、貴道は露骨に厭《いや》な顔になった。

「何か用？」

傲然《ごうぜん》として訊《たず》ねる。

「ええ。鷹司さんに」

馨も敗けじと言い返した。

貴道は何か言いたそうに美しい顔を歪ませていたが、結局何も言わずにそのまま馨の脇をすり抜けて去った。

「あれ？　呼んでないんだけどなあ」

で、鷹司はといえばすっとぼけた顔をしてそんなことを言う。

ベッドに腰かけた足元に、馨は缶を置いた。幾本《いくほん》かは立ったが、幾本かは倒れて床に転がる。

「なに？」

無言で黙々と缶を拾って並べる馨に、鷹司は不思議そうに問う。

「あんたの分」

言うとますます怪訝《けげん》な顔になった。

「駅伝の……MVPとかに選ばれたから」

「ああ、賞品？　今年もジュースなのか」

「あんたも走ったの？」

馨はやや興味を惹《ひ》かれた。

「そりゃ走ったさ。君みたいにカッコよくはなかったけどね」

ということは、広明も走ったということだ。馨は、そんな話を兄ではない人間から聞くことになる虚《むな》しさを思った。広明が高校に進学して以来、家によりつかないのは自分のせいだ。団《だん》欒《らん》だとか和《なご》やかな家庭の雰囲気といったものを、谷中家から奪い去ったのは、血もつながっていない自分なのだ。

「二位でたすきを受け取ってね、よし、追い抜いてやろうと力んだあげく、オーバーペースで三位に落っこっちまった……聞いてる？　おい、馨」

「――なに」

鷹司は、がっかりした顔になった。

「聞いてるよ。力んでスベったんだろ。まるで今日の俺みたいだな」

自虐的に笑ってみせる。

「そうなんだ。君を見てると、二年前の俺を見るようで、つい応援したくなったんだよね」

「よけいなお世話だ」

「でも、優勝したんだからいいじゃない。俺なんか悲惨《ひさん》なもんだったよ？　三位だし、足ひっぱったし。できれば全員にジュースをおごって赦《ゆる》してもらいたかった」

真顔で鷹司は言い、並んだ缶を見やった。

「で、なんで俺にこれを？」

「……あんたのおかげだから」

馨は憮然として答える。

「俺？」

「あんたが現れなかったら、俺はレースを投げてた。三位にでもドンケツにでもなったかもしれない。あんたがよけいなこと言ってくれたせいで、気力が出た」

「発奮したというわけか。この俺のおかげで。それはまた、なんか喜ばしい話だなあ」

鷹司は嬉しそうだ。

「で、賞品山分けってこと？　馨は律儀《りちぎ》なんだな」

ひとつ取り上げてふと真顔に戻り、

「そんなに俺に借りを作りたくないか」

見抜かれた。言い当てられて馨は内心舌を巻いた。しかし、動揺を悟られてはならない。

「だったら、もっと他のものが欲しいなあ」

鷹司は缶を床に置いた。

「なんだよ」

ぶすっとして言い返す馨に、

「まあ、坐って」

明るく言う。

動かないでいると、不意に腕をとられた。なんだ？　と思う暇もなく引き寄せられる。

「？　ち——」

抗うこともできなかった。鷹司は馨を抱きしめると、素早く唇を近づける。

「！」

ちゅっと音を立てて馨の唇を吸った後、また離れていく鷹司の顔を馨は呆然《ぼうぜん》と眺めた。

「——なにすんだよっ、ヘンタイ！」

周章《あわ》てて腕を振り解《ほど》く。鷹司はそれ以上のことをするつもりがないのか、すんなり解放してくれた。

「ヘンタイはきついなあ」

惚《とぼ》けた顔で言う鷹司に、馨は膝蹴りを入れた。

「——！」

よろけたところに手刀を振り下ろす。コンマ一秒の差でよけられた。

「おいおい、乱暴するなよ」

馨の攻撃を躱《かわ》し、机のほうに逃げる。

「なにがだよ、どヘンタイ！」

「いいじゃない、キスぐらい。親愛の証《あかし》だよ」

「あんたの親愛なんて要《い》らねえよ！」

「そんな、ひどい」

言いながら、鷹司はちっとも傷ついたふうではなく、それどころか面白そうに目を輝かせているのがよけい腹立たしい。

「今度ふざけたまねしたら、蹴り殺す！」

「怖いなあ」

憤怒《ふんぬ》とともに、馨は鷹司の部屋を出た。身体中怒りで熱くなっている。

つまらない意地を張った。鷹司と、必要以上に関わりあわなければ、こんなことにはならなかった。

パシリに使われ——キスされて。

キス。

階段の途中で馨は立ち止まり、唇に触れた。

それを思うと、胸がざわめく。

触れ合った感触。鷹司が残した熱。

一瞬ときめきそうになり、はっと顔を上げる。キス。初めてだったのだ。よりにもよって、ファーストキスの相手があいつだなんて。

いつか広明を抱きしめて、口づけることを夢想していたのだ。

それが、このありさま。

取り返しのつかない過《あやま》ちを犯したような気分だった。悔しさでも怒りでもない、見知らぬ感情で胸が疼《うず》いた。痛くて痒《かゆ》い。なんだろう。

持て余して、考えることを放棄する。入れ替わるように、強烈な悔しさがこみ上げてきた。

4

翌日はゴールデンウィークの初日である。帰省する生徒たちで、寮の玄関はひとしきり騒がしくなった。馨《かおる》には家に戻る気はない。実の親でないと判って、両親に対する愛情や思慕《しぼ》がなくなったわけではない。だが広明《ひろあき》のいない家では、自分が客みたいに感じられて居心地が悪かったのも事実だ。

どうせ俺は、要《い》らない子どもなんだ。

しかし、その午後に母親からの手紙を受け取り、馨は複雑な気分になる。家から離れた息子を気遣い、帰省を促《うなが》す手紙だった。

久しぶりに見る母の肉筆に、胸が熱くなる。すると、次には広明にも手紙が届いているかどうかが気になった。

多くの生徒が出て行ってしまった後で、寮内は静まり返っている。ラファエル寮に渡るとホールのほうが賑《にぎ》やかだ。

ちょっと覗いてみた。案の定というか、朝倉《あさくら》たちが騒いでいる。どうやら帰省しなかった者たちで集まっているようだ。三池《みいけ》とチャーリーと、あと数人の三年生――それに鷹司《たかつかさ》。

ぎくりとした。揶揄《からか》いでも冗談でも、ファーストキスを奪った相手である。胸のどこかがぎゅっと摑まれたようになった。

鷹司はなにか三池に話しかけている。笑う。視線が動く。こちらを見た。

親しげな笑みが浮かんだのを見て、馨は狼狽《ろうばい》した。そそくさとドアを閉め退散する。

そこで、ふと我に返った。なんで俺が逃げなきゃいけないのか。恥ずかしい行為をしてきたのは奴《やつ》のほうなのに。

それとも鷹司にとってはなんということもないのか。キスぐらいで怒るなと言っていた。

ヘンタイ。

馨は猛然と階段を上がった。目指す部屋にまっすぐ向かい、ノックもしないで乱暴にドアを開けた。

「誰っ」

椅子の上で、広明が身構えている。

「なんだ、カオルちゃんかあ」

とっさに臨戦態勢になるとは、やはり兄は只者《ただもの》ではない。

「ノックぐらいしろよー」

次には、いつものゆるい感じになったのだが。

「カオルちゃんて呼ぶな！　なんべん言ったら判るんだ」

「ご、ごめん」

広明は困ったような顔で謝った。

そんな表情もひっくるめてなにもかもに、腹が立つ。鈍い兄。本気で馨と与《くみ》しようとはしない兄。なにを考えているのか、さっぱり判らない。

「で、なんか用？」

馨は無言で広明に近づき、その胸倉を摑んだ。

予想外の攻撃だったのだろう。広明が一瞬隙を見せる。そこをうまく捉え、馨は広明の身体をベッドに押し倒した。

「ちょ、な、なにを——カオルちゃん、カオルちゃん」

喉を締め上げると、広明は苦しそうに顔を歪める。そんな表情だけは本気の顔なのだと思った。

俺の気持ちなんか知らないで。俺のことなんかちっとも知らないくせに。

遠く去った広明に、馨は何通もの手紙を出した。いや正確には「手紙」でなどなかったけれど。虫の死骸《しがい》を入れたり、ざくざくに切った家族写真。思いつく限り、そして封書で可能な限りのいやがらせ。

しかし、広明は動じなかった。

なんで判るかというと、返事がきたからである。馨の呪詛《じゅそ》に気づかぬかのように、「僕は元気です。学校は愉《たの》しいです」などと、ゴキブリの死骸《しがい》を送りつけられて出す返事とは思えないような内容だった。

とぼけやがって。

そんな広明にも苛立っていた。自分の思いをまともに受け止めようとすらしない奴。思い知らせてやる。

押さえつけたまま蔽《おお》いかぶさろうとした時、脇腹に衝撃が走った。広明のニーキック。きれいに決まって、呼吸が止まる。それでも、広明の肩を摑んだ手は放さない。広明は振り切ろうとする。体格では馨のほうが勝っている。体力もたぶん負けない。しかし、いくら力をこめても、引き剝《は》がされないようにしっかり指を握るしかできない。広明の手が、胸の間を這《は》い上ってくる。Tシャツを摑む。

力の拮抗《きっこう》。一瞬でも気を緩《ゆる》めたら敗《ま》ける。そもそもなにをしようとしていたのかすら忘れて、

馨はひたすら戦闘モードになっていた。広明が下肢《かし》に力を込めるのが判った。足を使われたら敗ける。馨は腰に体重をかけ、広明を押さえつける。刹那《せつな》、右手が離れた。びゅっと空を切る音。拳が降ってくる——と思った時、

「あ、あのー」

ドアが開いて、雨宮《あまみや》が当惑したように室内を眺めていた。

「おう、ミヤっち」

「……なにやってんですか兄弟で」

両者ほっと力を抜いた。馨は立ち上がり、広明はなにごともなかったかのようにベッドに起き上がる。

「いや、久しぶりに兄弟げんか」

胡麻《ごま》化《か》すふうでもないということは、広明はそういうつもりなのだろう。

なぜ攻撃されたのか、弟がどんなことを考えているかなど、広明は知らないのだ。

自分に向けられている感情の種類……兄に恋している弟の気持ちなんか、どうせ判らないのだ。手ごたえのない一方的な思い。あんな手紙を出したことを、広明はどう思っているのだろう。

「烈《はげ》しいファイトですね……ヒロさんと互角って、馨くんさすがですね」

けんかの原因に及ぶことなく、雨宮はへんなことに感じ入っている。

判っちゃいない——馨は憮然と兄を見、それから雨宮を睨んだ。

雨宮はしげしげとこちらを見ている。谷中《やなか》弟からガンを飛ばされる理由はない。雨宮はなぜ睨まれているのか不思議なのだろう。

そんなところが、馨が雨宮を疎《うと》んじている理由である。罪を知らない子羊みたいな善人顔が気に入らない。

「うん。こんな勁《つよ》くなってるとは思わなかった……ミヤ、なに？」

「あ、チャーリーさんが変身ヒールアップシューズを買ったから、試してみるかって」

「買ったんだ！　そりゃ履いてみなくちゃ」

広明はベッドから飛び降りた。

「カオルちゃんも行かない？　背が高くなる魔法の靴だよ」

兄は窺うようにこちらを見る。さっきまで摑み合っていたことは、とりあえずナシ、とその顔が言っている。

胡麻化しやがって。

「行かねえよ」

言い捨て、馨は部屋を出た。

虚しかった。広明に打ち明ける日はくるのだろうか。それともまた雨宮に邪魔されるのか。

雨宮は悪くない。責められる理由などない。しかし、二人きりのチャンスをこうも潰《つぶ》されると、なにか企《たくら》んでいるのではという妄想がもくもく浮かんでしまう。善良そうなのも見かけだけで、実はけっこう、腹黒いとか……いや、それならいいのだ。もし雨宮が貴道《きどう》みたいな奴だったら、拳にものを言わせて広明のそばから追い払うことができる。しかし雨宮には悪気などない。たびたび邪魔をするのも、意図してのことではないのだろう。

だからよけいに、腹が立つ。

うなだれてしおしおと馨は階段を下りた。と、ジーパンのポケットでおなじみの電子音が鳴った。

こんな時にくるかよ！　馨はポケベルを取り出し、場所をチェックした。

玄関を出て脇にある、自動販売機のところ。

まさか、目の前でジュース買えとでも言う気じゃないだろうな。でも、そんなんでもいいか。今クソむかついてるから、奴を叩きのめすのも悪くない。

黒い考えが、頭に浮かぶ。

だが。

「やあ」

鷹司の顔を見たとたん、キスのことが浮かび、戦意をそがれた馨である。

ばつの悪い思いで、馨は、

「なんだよ。何用だよ」

「なんてこともないんだけど、ジュースでもおごろうかなと思って」

脱力するような「用事」である。

「要《い》らねえよジュースなんて。まだいっぱい残ってるし、あんたのところだって余ってるぐらいだろうが」

憮然として言うと、鷹司は笑って、

「喉が燥《かわ》きやすい体質でね。ドリンク十本ぐらいは、二日で消費しちゃうんだ」

「知らん。あんたの体質なんて」

馨は背中を翻《ひるがえ》そうとした。

「お兄さんと、話はしたの？」

不意に言われてどきりとする。振り返ると、鷹司は笑みを消しこちらを見つめている。

思慮深そうで穏やかなその眸《ひとみ》に、馨は居心地の悪さを感じた。

「なんでそんなことが判るんだよ」

「谷中を探してたんじゃないの？　部屋にいなかった？」

お見通しである。以前にもこんなことがあったなと思いながら、馨は、

「べつに。話すことなんてないし」

なお勁がった。

「そう？　いつも谷中を見ているから、話でもあるんじゃないかと思ってた」

「……いれば見るだろ、兄貴なんだから」

「気になる？」

「なにが言いたいんだよ」

心の中にぐっと踏み込まれそうになったのを感じ、馨はそれを押しのけようとする。

「人の家のことだろ。放っとけよ。それとも探り出して愉しみたいのか」

「そんなんじゃないよ。よけいなことを言うつもりじゃなかった」

「じゃ、言うなよ」

鷹司は肩をすぼめ、叱られた子どもよろしい顔つきで、

「ごめん」

と言った。

「ただ、君ら兄弟、どっちも帰省しないみたいだし、家に帰りたくないようなことでもあるのかなって」

「それがよけいなんだよ」

「そうだね。悪かった」

素直に謝られると、そんなに怒ることでもないしと思えてくる。自分の心の動きが、さっきからなにかおかしい。

けれど、へりくだる鷹司を見るのは悪くなかった。相手になってやろうか。

「そういうあんただって帰省してないじゃん」

馨は鷹司に向き直った。

「帰りたくないようななにかが、家で待ってるわけ」

「待ってるよ、それは。家には帰りたくない」

意外な返答に、馨はえ、と相手を見る。

家には帰りたくない、鷹司はそうはっきり言った。

「べつに、そんな深刻な話でもないんだけどね」

黙り込んだ馨を見て、ちょっと笑った。

「弟が三人もいるんだ。俺だけ年が離れてて、一番上の弟でもまだ九つだよ」

「……」

「帰ると三人がわーっと俺のところに押し寄せてきて、可愛くないわけじゃないんだけど、いや可愛いんだけど、鼻面《はなづら》とられて引き回されて、いつもへとへとになるんだ」

「それで家に帰りたくないって？　子守《こもり》が厭《いや》で残ってるのか」

何かと思えばそんな話で、馨は一瞬怯《ひる》んでしまった自分を叱る。なんてことないじゃんか。

「子守と――あといろいろ」

「お母さん一人じゃ大変だろうが。親不孝だな」

「親不孝なんだ。実の親じゃないだけにね」

馨は再び固まった。何気なしに放り出された言葉だからこそ、衝撃が大きい。

「産みの母は八歳の時に亡くなってね、翌年今の母が嫁《とつ》いで来た。まだ二十代。そして弟ができた。子どもが三人もいる上に、いいかげんでかくなってる義理の息子にまで気を遣わなくちゃならないなんて、気の毒だろう？」

だからこうして寮に残っている、と後の言葉は聞かなくても判った。

ちょっとつついてみただけなのに、とんだ落とし穴に嵌《はま》ってしまった。胸まで埋まって、あがいている。

「だから、君の気持ちもなんとなく……判るなんて言っちゃいけないか。血のつながってない人が家族にいるっていうのは想像できる」

「それは……」

なんと言っていいのか判らない。そんな背景があるとは知らなかった。明るくてちょっとカッコつけてて。なんの屈託もなく育ってきた人間だと思っていた。見かける時にはおおむね笑っていて、翳《かげ》りを感じさせなかったから。

「でもまあ、谷中のほうの気持ちも判るんだよな……いや、ほんとは判ってないのかもしれないけどね、谷中は谷中で複雑なものがあるんだろうと」

「あんな奴のこと、判ってやる必要ねえよ。いっつもぬらぬら逃げてさ、ウナギかよ」

鷹司は笑い出した。

あまり朗らかに声を立てて笑うので、馨は広明のためにこれは言ってはいけなかったのではないかと後悔した。

「たしかに、捉えどころのない奴だ」

ひとしきり笑うと、鷹司は真顔になる。

「なにも考えてないのかと思ったら案外深いところまで考えてたりとか、反対に、なにか意味があるんだろうと気を遣ったのに、なにも考えてなくて拍子抜けとか」

馨にはよく判る。広明に対した時の他人の気持ち。まるきり見えない本心と、永遠に続くとも思われるはぐらかし。自分も被害者である。

「でも、いい奴だよ。友達思いだし。結局そういうのが大事だろ、仲間としてやって行くのはさ」

「……貴道にはずいぶん嫌われてるみたいだけど」

兄を褒《ほ》められ、ちょっと照れくさい。

馨の言葉に、鷹司はまた噴き出した。

「いや、貴道にはあのくらいでちょうどだろ。嫌ってるっていうか、貴道は君の兄さんが苦手なんだよ。それに去年はいろいろあったから」

「いろいろって？」

「貴道と、兄さんたちのグループが対立してね。まあ、水と油なのは判るだろ？　きっかけは朝倉なんだが――まあ、そんなのはどうでもいいとして」

鷹司は真面目な顔つきになった。

「そんなわけで、俺は君ら兄弟のことはなんとなくだけど、判るんだ」

「だから？」

「なにかあったら、相談してくれていいってこと」

不意に大人びた表情――それは本当に「兄さん」そのものの顔だった――で言う鷹司に馨はちょっとどきっとして、ときめいた分だけ損をしたような気になって、

「誰がするかよ、あんたに相談なんて」

そっぽを向いた。

「あら、残念。俺そんなに頼りない？」

「信用できないんだよ」

キスのことが蘇《よみがえ》っていた。広明云々《うんぬん》以前に、あのキスはなんだったのかと訊《き》きたい。けれど、訊いたところでどうせ真面目に答えてなんてくれないに決まっている。今判った。兄とこいつは同じ種類の人間だと――自らの隙はみせないまま、相手を絡めとっていくような奴らだ。罠《わな》が仕掛けてあったら、まんまと嵌ってしまう。

ただ、広明はそんな罠など作らず作る気もないだろうが、鷹司のほうはどうだか判らないことを、あのキスが証明している。

油断してはならない。馨は鷹司を睨みつけながらじりじりと後退した。

「信用できないか……俺そんな奴に見えるんだ……そうか」

鷹司は心なしか傷ついたふうに呟いている。

なぜだか悪いことをしたみたいに感じた。しかし次には、なんで俺が罪悪感抱かなきゃならないんだよと思い直す。キスまで奪った上に、罪悪感を植えつけるだなんて、とんでもない男だ。

「しょうがないな。行っていいよ」

半目に睨んでいる馨に対し、鷹司はひょいと肩を竦《すく》めてみせる。キスしたことなどもう頭にないのかもしれない。完全に弄《もてあそ》ばれている。

言われなくても、あんたにつきあっている暇なんかない。

返事もせずに馨は鷹司の前を横切り、ガブリエル寮に向かった。

心に生じた苛立ちの意味は判らなかった。


ゴールデンウィーク二日目は、朝から雨になった。

同室の久和《くわ》も、帰省していない。七時に目を醒《さ》ますと、隣のベッドで久和がまだ寝ていた。

その寝顔を、見るともなしに眺める。無口で無愛想で、素《す》でも近寄りがたいオーラを放っている男だが、眠っているのを見れば案外可愛い。いつもはむっつりと結ばれた唇が半開きになって、すうすう規則正しい寝息を立てていた。

馨は立ち上がり、机に移動した。椅子に腰かけ、なおも久和を観察する。

と、穏やかだった寝顔が、ふいに眉間《みけん》に皺《しわ》を寄せる。口を閉じ、こめかみを震わせたかと思ったら、唐突に起き上がった。

「――夢か」

呟く。

「おはよ」

声をかけると、びくっと肩が動いた。

「なんだ。お前まだいたのか」

半開きの目で馨を見た。

「いるさ。帰省しないのかって、久和訊いたじゃん、ゆうべ」

「……？　そうか」

そういうお前は家に帰らないのか？　と訊くと、久和は「べつに、用もないし」と仏頂面《ぶっちょうづら》で答えたのだった。

実は家には継母《ままはは》と血のつながらない弟たちがいて――などという話を聞くのはごめんだった。

馨はそれ以上久和を追及しなかった。自分もそうだが、長い休みに帰省せず寮に残っているような奴には、なんらかの事情が存在するのだろう。もともとが全寮制の男子校に放り込まれた者たちである。いろんな問題が各家庭にありそうだ。聞いて回ったわけではないが、そう察せられる。問題——朝倉だけは、父親が海外に転勤になったため、寮のあるこの学校に編入してきたという、どこにも複雑なしがらみのない理由らしいが。一週間やそこらの休暇では、行って帰ってくるだけだと笑った。夏休みには、三池も一緒にシアトルの両親のもとに向かうらしい。

起き抜けで頭がはっきりしていないのだろう。おまけに悪夢を見た様子。久和は何度も顔を叩いている。

馨は立ち上がり、ベッドの足元に放り出してあるジャージの上を羽織った。Tシャツにジャージの上下。寮にいる時はいつもこれだ。風呂に入る以外では脱ぐこともない。夜もこのままで寝る。

洗面用具を抱えて馨は部屋を出た。洗面所には洗濯機が三台あり、自分で洗濯する者はノートに名前を記入して使うことになっている。

寮にはクリーニングサービスもついているので、たいがいは皆、まとめて所定の場所に洗濯物を出している。時間制限があって、しめきりを過ぎてなにか洗わなければならなくなったというのでもない限り、ここの洗濯機が使われることはない。

その洗濯機のうちの一台が回っている。誰だろうと思いながら、馨は歯ブラシに歯磨《はみが》き粉《こ》を搾《しぼ》り出した。

　平日は順番待ちのできる洗面所だが、ほとんどの寮生が出払っている今はとても静かだ。洗濯機の音が静寂をかき回し続ける。

「おはよー」

　誰か入ってきた。奈々村《ななむら》だった。

「おはよ、カオちゃん」

　馨を見てにっこり笑う。

　歯ブラシをしゃこしゃこ動かしながら、馨は目だけで挨拶《あいさつ》した。

「まだだな」

　奈々村は洗濯機を覗いて言う。

「へんはくほほ、ふはは」

「カオちゃん、歯磨きしてる時に、無理して喋《しゃべ》る必要はないよ」

「――洗濯物、ユカだったんだ」

　泡を吐き出し、馨は言い直した。

「あ、うん。さっき見たら、出てたから。少しだしね、業務用回すほどじゃないから」

「なんだ、他人の洗濯してやってんのか。休みの間はサービスもないって、寮則に書いてあるってのに」

「読んでないのかも。やることもないから、俺もなんか仕事あったほうがいいよ」

奈々村は寮に住み込みで働くという形になっているので、部屋も職員用のほうに設《もう》けられている。四畳半の狭い造りだが、個室だからいいと笑っていた。

やはり帰省しない組なのは、育ての親に遠慮があるのか、休日でも寮の職員としての務めを続けるつもりなのか。

どちらにしても、愉しい会話になるとは思えないので、馨は訊かない。

奈々村のほうも、そのことには触れず、

「きゅーちゃん起きてる？」

と訊いてきた。

「起きたけど、また寝た」

「寝ちゃったの？」

「なんか悪い夢見たみたいだな。ぼーっとしてた」

「悪い夢……どんなんだろう。叩き起こして訊こうかな」

奈々村は、人によっては鳥肌を立てるようなことを簡単に言う。久和を「叩き起こす」だなんて、そんな怖ろしいことができる奈々村は、学校でも久和とクラスメイトたちのパイプ役である。

「いいけど、お前頭からばりばり食われるぞ」

タオルで口許《くちもと》を押さえながら、馨は揶揄《からか》った。

「えっ。俺なんか食ってもおいしくないよ？」

奈々村はきょとんとする。

天然最強。馨はタオルを首に引っかけ、

「お先ー」

洗面所を出た。背後で洗濯機は回り続けている。

休み中は賄《まかな》いもないので、食事は各自で調達することになっていた。

麓《ふもと》のコンビニで買ってきた弁当とサンドイッチで、馨は朝食を済ませた。コンビニはその一軒だけである。当然のように、寮生のおかげで潤《うるお》っている。特に、この期間は帰省しなかった生徒が食料を求めて集まってくるからなのだろう、パンも惣菜も豊富に揃《そろ》っていた。

食事を終え、寮に戻りかけた時、ジャージの臀《しり》ポケットがピーピー言いはじめた。

またかよ。

辟易《へきえき》しつつも取り出す。ホール。

「きたね」

いたのは鷹司一人だった。テーブルに肘《ひじ》をついてこちらを見ている鷹司を、馨は憮然として見下ろした。

「呼びゃくるだろ。そうしろってあんたが言ったんだ」

「そうつんつんしないで」

「で、今日はなんだよ」

鷹司は苦笑した。「なんか、立場が逆みたいだなあ」などと言いながら磬を見上げる。

「一緒に外出しない？」

なにかと思えばそんな「用件」だ。

キスのことが過《よ》ぎっていた。それを踏まえて、呼び出しにもっと深遠ななにかがあるのかと思ったのだ。

どきりとした。期待なんかしていない。期待なんかじゃ。一瞬でも、鷹司が自分に特別な感情を抱いているのではないかなどと思ったことが恥ずかしい。

反動で、

「やだよ。雨だし」

にべもなく言ったが、鷹司がそうしたいのなら従わざるを得ないことを思い出し、頭の中で舌打ちをした。

「今日じゃなくてもいいよ。予報じゃ明日は晴れるそうだから、明日でも」

「……あんたが決めろよ」

「じゃ、明日」

「外出って、どこ行くんだよ」

「ん、どこでも」

「どこだよ」

「怖いなあ……じゃ、一緒に風呂に入ろう」

「風呂？」

「谷中に教えてもらったんだ。ちょっと面白い銭湯があるらしい」

広明の名を聞いて、馨は開きかけた口を閉じた。

「——俺に背中の一つも流せって？」

「希望するなら」

「するわけねえだろ」

馨の乱暴な返事もなんのその、鷹司は、

「じゃあ、明日晴れたら。晴れたらいいね」

涼しげだ。

やっぱり、意味なんかないんじゃんか。

あのキス。

まただ。また思い出している。考えるなと自分に命じているというのに。

ただの悪ふざけか、揶揄いのキスだったのだ。

馨にとっては重大な一件が、鷹司からするとどうでもいいことなのか。

──そうみたいだ。馨は、まだキスのことを考えている自分が厭《いや》になった。

「おー、人がいる」

朝倉と三池が入ってきた。

「弟、元気か。あ、また呼び出してんだな。鷹司も無体だねえ」

朝倉がいつもの調子で言う。三池の事情は知らないが、とりあえずこの中で物理的な理由により帰省していない奴が一人いることはたしかだ。

その暢気《のんき》さが、場の空気を和らげる。馨の気分も、いくらか晴れた。

「人聞きの悪いことを言うなよ。非道なことをしてるつもりはないぞ」

「でも、弟にとっては迷惑千万じゃないねえ？　カオルちゃん」

なんとも答えられず、馨は、鷹司を見た。

「行っていいよ」

なぜかそれが、仲間がきたから自分は用済みになったというふうに聞こえた。馨の気分はたちまち急降下する。

「明日、十時にここね」

背中を向けた耳に、鷹司の声が響いた。

「明日って？」

朝倉が問い、外出、と鷹司が答える。どこ？　スーパーセントー？　いいねえ俺も行こうかな。朝倉の声。

鷹司と二人でないのならありがたい。馨はそう思い、廊下に足を向けた——立ち止まった。

広明と雨宮がそこにいる。

広明もちょっと戸惑ったふうである。すぐに、

「おはよう、カオルちゃん」

なんでもないように言う。

「おはようございます」

隣にいた雨宮が頭を下げた。

馨は返事しなかった。広明よりも、雨宮のほうが、そのちんまりとした顔や控えめな態度のほうが気に食わない。

馨はゆっくり視線を移動させた。広明から雨宮、それから広明の顔に戻った。

「いつも一緒にいるんだな」

「えっ？」

広明は反問するように言葉尻を上げたが、馨はそれきり二人を置いて渡り廊下のほうに向かう。

苛立っていた。雨宮に落ち度があるわけではなく、なにかされたというのでもないが、顔を見るたびむかつく。

そのむかつきの源がなんであるか、馨は自覚していた。

嫉妬《しっと》。

広明の隣にいる、広明と一緒にいることが赦《ゆる》されている雨宮を妬んでいるのだ。ただ広明といるというだけで。

雨宮にそんな気持ちがあるのかどうかはこの際関係ない。広明を先輩として慕《した》っているのか、もっと勁い他の思惑《おもわく》があるのかなどはどうでもいい。なんのこだわりもなく広明の側にいる、という時点でそいつが憎い。存在そのものが憎いのだ。

馨だって、できればそんな感情を他人に対して抱くことなく生きていきたい。けれど、それは自然発生的にどこからか現れ、消し去ろうとしても消えてくれないのだ。

こんな気持ちでいることも、広明には判らない。

部屋に戻ると、久和はいなかった。きちんと畳《たた》まれた掛け布団を見ながら、馨は床に腰を下ろした。窓の下で、車のエンジン音がした。

馨は立ち上がり、窓辺に寄った。眼下に車が滑《すべ》り込んでくる。ロールスロイス。黒い車体がぴかぴか耿《ひか》っている。いかにも金持ちが乗っていますという感じ。

父兄でもきたのだろうか。家族の来訪が禁じられているわけではないが、寮に外から誰かくるというのはこの一月ちょっとの間では、初めてだ。

馨は窓に顔をつけるようにして様子を窺った。運転席のドアが開き、紺のスーツを着た細身の男が降りてくる。

恭《うやうや》しい仕種《しぐさ》で後部のドアを開けた。

降り立ったのは、まず素晴らしく着飾った女性だった。サーモンピンクのワンピースに身を包み、頭には同系色のつばの広い帽子をかぶっている。胸に何重にもゴールドやパールのネックレスを巻きつけ、動くとじゃらじゃら音がしそうだった。

次いで、男が現れる。紳士と呼ぶ以外には形容できないような、立派な男性だった。年回りからして、二人は夫婦であるらしい。つまり、生徒の誰かの親ということだ。

誰だろう。

なおも見ていると、ガブリエル寮のファサードから、見知った人影が現れた。ゴージャス婦人が腕を広げて近づく。抱きしめられたのは久和だった。

久和って、こんな金持ちの家の息子だったんだ……馨は意外の念にうたれた。もともとが坊ちゃん学校らしいし、実際気楽な坊ちゃんタイプが多いが、久和のストイックな雰囲気から、知的レベルの高そうな中流家庭の子息、というイメージをなんとなく描いていたのだ。

婦人は久和を離すと、今度は後から出てきた奈々村に抱きついた。いささか大げさな感もある抱擁《ほうよう》シーン。すると、棄《す》て子だった奈々村を引き取ったのは、久和の両親ということなのだろうか。

四人は連れ立って寮内に入ってくる。馨は窓から離れ、この場合、自分は部屋にいていいのか、外したほうがいいのか考えた。

同室だし、久和の親なら挨拶ぐらいはしたほうがいいだろう。結論が出たところでドアが開いた。

「あらあら、狭いお部屋ねぇ」

母親が中を見回して言う。ベッドに腰かけている馨に気づき、なにか言おうとした。

「こんにちは」

それより早く馨は立ち上がり、頭を下げた。

「同室の谷中くん」

なぜか奈々村が説明する。久和は最後方で所在なげに立っていた。

「谷中馨です。久和くんには、いつもお世話になっております」

「いえいえ、こちらこそ。光司《こうじ》と縁《ゆかり》ちゃんを今後もよろしくお願いします」

久和の母親が近づくと、甘い香りが鼻を掠《かす》めた。厭《いや》な匂いではない。馨は差し出された手を軽く握った。

「まあ、きれいなお顔立ちでいらっしゃること。あなたのお母さまは、すごい美人さんなのかしら」

久和夫人は、やはり大仰な身振りで馨を見上げる。

「……母に似ていると言われたことはありません」

「あら、じゃあお父さま似なのね。ステキな方なんでしょうね」

父親にも似ていない赤の他人です。馨は胸の中で呟いた。

一通り挨拶をすませると、四人は出て行った。ホールででも話をするのだろう。

人の気配が退《ひ》いた部屋に、久和の母親が残していったコロンの香りが漂う。

三十分ほどして、久和が部屋に戻って来た。奈々村も一緒だった。

「悪かったな、谷中」

久和に言われ、馨は、

「べつに謝らなくていいよ」

と答えた。

「きれいなお母さんだな。お父さんも立派だし」

「若作りだよ。やめろって言ってんのに、じゃらじゃら着飾って」

久和は心なしか照れたように言う。

「いいじゃん。趣味は人それぞれだよ」

奈々村はにこにこしながら久和の隣に腰を下ろした。

「久和の両親……で、ユカにとっては」

「育ての親だよ」

推測は当を得ていたらしい。

「拾ってくれた恩人なんだ。理事長先生がいなかったら、今ごろ俺死んでるかグレてるか、少なくともここにはいない」

「理事長？」

問い返すと、奈々村は、しまったという顔になった。久和を見る。

久和は苦笑した。

「あんま知られたくないんだけどな。今日は、寮の視察をしにきたらしい」

「なに言ってんだよ、ゴールデンウィークなのにきゅーちゃんが家に帰らないっていうから、先生たちのほうから会いにきたんじゃないか」

奈々村に窘《たしな》められ、久和は頭に手をやった。

「子離れしてくれなくて、参る」

「贅沢《ぜいたく》だなあ。離れてくれない人がいるってだけで幸せだよ」

馨でさえはっとするような奈々村の言葉に、久和はちょっと鼻白《はなじろ》んだ。

「いや……まあ、それはともかく、谷中、このことは他の連中には」

「言わない。心配すんな」

「べつに理事長の息子だからっても、きゅーちゃんへの対し方なんか変わらないと思うけどなあ」

それはそうだと馨は思った。何者であろうと、久和は揺るぎなく久和であり、理事長の息子だからといって他の連中の反応が変わるとは思えない。もとから特別視されているのである。

「理事長の子だから寮長になったとか思われたくないんだよ」

「誰もそんなこと思わないいって。入試トップだったからじゃん。きゅーちゃん、心配しすぎ。さっきだって、お母さんに何訊かれてもああ、とかうう、とかしか言わなくてさ。せっかくきてくれたのにちょっと冷たい」

「誰もきてくれなんて……いや」

久和はまた「贅沢だ」と言われるのを見越してか、言葉を呑んだ。

「だいたい、そういうお前だって帰ってないだろ」

「俺は実の子じゃないもん。それに、寮の仕事もあるし」

「休み期間中は、職員も休みじゃないか」

珍しく、ちょっと言い争う二人である。

「とにかく、俺たちは親孝行な息子じゃないってことだ……お前もな、谷中」

久和に言われて、馨は複雑な気分になった。たしかに、両親が希《のぞ》んでいるのは兄弟揃っての帰省だろう。判っていて実行しないのだから親不孝に違いない。

……本当の親じゃないけど。

そのことを今、この場で言うべきだろうかと馨は考える。久和も奈々村もいい奴らだ。信用できる。

かといって、心を開くとかいうのとはそれはまた別な話のような気がする。

「まあね。俺は、めんどいってだけだけど」

「カオちゃんも冷たいなあ。お兄さんも、じゃあめんどくさいから帰らないの？」

「さあ」

馨の態度から、それ以上追及してはならないことを奈々村は察したようである。

気遣われるのも、それはそれでまた厭だった。

「兄貴のことなんて、俺は知らねえ。仲いいわけでもないし」

わざと乱暴に言った。

「そういうもんかなあ」

「この歳で兄弟でべたべたしてるほうがヘンだ。俺も兄貴や妹とは、あんまり口きかん」

「お兄さんはそりゃずっと年上だし、喋りにくいのも判るけど、さやちゃんは可愛いのに」

「まあ、お前とは精神年齢も近いしちょうど合うのかもな」

言われて奈々村はぷっとふくれた。

「とにかく、君たち家族に冷たすぎだよ。俺なんか誰もいないんだぞー」

俺だって、誰もいないよ。

馨は心の中で呟いた。両親の顔が浮かぶ。彼らもまた、久和の親のように、帰省しない息子たちを案じているのだろう。

それは判るし、広明に注がれる愛情と、自分へのそれが分け隔《へだ》てなく公平なものだとも思う。けれど、真実を知った時の裏切られた感は、まだ馨を縛《しば》っている。甘やかして育てたのは、他人の子だから気を遣っていただけなのかもしれないと、優しい両親のことを疑ってしまう。広明にしたってそうだ。とにかく家族から怒鳴られたり、暴力をふるわれたりすることなく十五年間生きてきた。広明には、母親はしょっちゅう小言を言う。「お兄ちゃんなんだから」という他にも、理由があるんじゃないのか……？

そんなふうに思ってしまう自分がいる。

情けなかった。


問題なく晴れた朝だった。言われた通り、十時近くなってホールに行くと、鷹司は既にきていた。

「お、きたな」

馨を見ると立ち上がる。

仏頂面で、馨は鷹司を見上げた。白地に水色のストライプのシャツに、白いジャケット。ボトムはベージュのチノパンというなりの鷹司は、制服や部屋着でいる時よりも大人っぽく見える。すっと伸びた背筋と、長い手足。洋服を着るために生まれてきたような体型、そして容貌だ。雑誌に載っているモデルにもひけはとらない。

好みはさておくにしても、カッコいいという点だけは認めないわけにはいかない。

馨もいちおう外出用のTシャツとジーパンを着てきたが、鷹司と並んでは引き立て役に見えるだろう。

なんとなく気後《きおく》れしつつ、鷹司と一緒に玄関に向かう。昨日行きたいと言っていた朝倉は、姿も現さなかった。

結局二人きりかよ……外出届けをすんなり受理してくれた久和さえも、逆恨みしたくなる心境。馨はわざとぐずぐずスニーカーを履いた。いくらの時間稼ぎにもならない。アプローチを通って、寮の門に向かう。

広明お奨《すす》めの「スーパーセントー」は意外にもちゃんとした施設だった。ちゃんとというのは新しくて設備がいいということだ。駐車場も広く、その奥に立派な建物がでんと据わっていた。「毎月二十六日はお風呂の日」と書かれたのぼりが立っている。

「いろんな風呂があるんだって。薬湯とか電気風呂とか地獄風呂とか」

鷹司が衣服を脱ぎながら教えてくれる。

「ふーん」

地獄風呂って、どんな地獄だ。

露《あら》わになってゆく鷹司の身体を、馨は横目に見た。均整のとれた、無駄な肉のないプロポーション。小麦色の滑《なめ》らかな皮膚が健康的に引き締まっている。きゅっと上がった臀に、馨はわけもなくどぎまぎした。

毎日風呂場で見てんだろ。野郎の裸に動揺してんじゃねえ。

己《おのれ》を叱咤《しった》し、馨も手早く服を脱いだ。肉付きが薄く、鍛錬《たんれん》したのにその跡のない子ども体型だ。鷹司の身体と較《くら》べて少々引け目を感じたが、それこそ気にしてるんじゃねえ、である。

ゴールデンウィーク中ということもあってか、風呂はけっこう混んでいた。湯気の中を歩きながら、馨は地獄風呂とやらを探したが、見当たらない。

「地獄風呂はガセだったみたいだね」

結局一番大きな湯船――というのはノーマルな銭湯の風呂ということだが――に並んで浸《つ》かり、鷹司が言った。

「思ってたよりは新しくてきれいだけど。こんなところがあったんだなあ。知らなかったよ」

「俺はもっと知らなかったよ」

「本当に、お兄さんと話してないんだなあ」

ひやりとした。馨は上目に鷹司を窺《うかが》った。たしかに、普通なら兄が持ち帰り、食事の席で話題にする種類の情報ではある。しかし、家に一家団欒《だんらん》というものが消えて二年、家にいる広明を馨はほとんど見たことがない。

「あんたは、弟に話してやるのか。学校がどんなだとか、友達のこととか」

「聞きたがるからね、弟たちが。こうやって一緒に風呂に入って、あれやこれやと質問されて参るよ」

継母とは気詰まりだが、弟たちのことは可愛いのだろう。鷹司は目を細めて言う。

「愉しそうだな」

馨は湯を鷹司のほうに弾いた。

「愉しいよ？　こうして馨とお湯に浸かってる。至上の幸福だ」

「なに言ってんだよ」

「弟たちより、馨のほうが可愛いな。どっちもまだ子どもだけど」

「アホか」

どぎまぎするのを抑えつつ、馨は不機嫌な表情をキープする。至上の幸福？　可愛い？　適当なこと言ってんじゃねえよ。だが、その適当な発言に動揺させられている自分。

思えば悔しかった。馨は横目に鷹司を睨んだ。

「いや、本当の弟じゃないから、馨といると愉しいのかもね」

「どういう意味だよ」

「あまり責任を持たなくていいというか。というか、弟たちに接する時はいつも、家族の一員としての自分ってものを意識してしまうからね。そうするとなんか、制約されているような気になるんだ」

鷹司は、同意を求めるように馨を見た。

「俺はべつに……そんな気なんか遣ってないし……」

どちらかというと、家族に気を遣わせている。必要以上に優しい母親、広明にだけは厳しい父。

そして、兄にも、また。

「でも、意識してるだろ？」

広明のことを考えている時に言われたので、その言葉はまるで「広明を」と問われているようだった。

「い、意識なんかしてねえ。俺は、いつだってやりたいようにやるのさ」

高校入試の際の両親との軋轢《あつれき》を思い出しながら、馨は久々に悪キャラを思い出した。

「満足してるようには見えないけど」

鷹司は冷やかすように言う。

「そりゃ、なんでも思い通りには行かないっていうか……」

勢いも尻すぼみになる。馨はぱちゃんと指で湯を弾いた。

「行かないよねえ。谷中が相手じゃ」

次の鷹司の言葉にぎくっとする。

「な、なに言って」

「お兄さんに復讐《ふくしゅう》しにきたんだろ？　君、自分でそう言ったよ」

思い出した。たしかに言った。あの時も、鷹司が自分の広明への思いを見透かしているような気がしたのだった。

「で、希み通り谷中の生活を引っかき回してるかっていうと……あんまりうまく行ってないみたいだね」

「だったらどうなんだよ」

「無駄なことはしないほうがいいって忠告する。先輩として」

「……」

「いやほんと、谷中をつけ狙《ねら》うより、俺といたほうが絶対愉しいし」

「どっからそんな自信が出てくるんだよ」

「俺が、馨といて愉しいから。言ってるだろ」

「――」

「というか、喧嘩腰で谷中に対しても、あんまり意味ないと思うよ？　手ごたえないだろ？実際」

ずばりと言われてやや鼻白む。

「あいつの考えは、俺にもさっぱり判らんが、弟を案じてることだけはたしかだ」

「――どういうことだよ」

「弟を、あんまりこき使ってくれるなってさ」

「……兄ちゃんが？」

「そんなに酷使してるように見えるのかな？　ひとつお手柔らかにお願いするよって、まあ例の調子だったけど」

「……」

黙り込む馨にのほほんと微笑《ほほえ》みかけると、

「露天風呂のほうに行こうか」

立ち上がる。ざざっと湯が流れ、鷹司の足の間のものが目の前にぶら下がった。

「……」

いいモン持ってんじゃねーか。

それに較べ、自分はたしかに「子ども」と言われてもしょうがない。

って、なんでこんな時にチンコのでかさのことなんか気にしてんだよ。でかかろうと小さかろうと、俺はこいつのナニには一切関係がない！

キスしたことも……関係ない。どうせ悪ふざけなのだ。関係ないぞ。

振り切るように、馨は勢いよく立ち上がった。と、足が湯船の底でつるりと滑る。

「……っ？」

身体が揺らいだ。すごい水音を、他人事《ひとごと》のように聞く。しかし、すぐに現実に立ち戻った。鼻の中に口の中に入った湯が、呼吸器を圧迫する。

口を開けるとごぼりと音がして、いっそう息苦しくなった。馨はやみくもにもがいた。誰かの叫び声。気が遠くなった。

「――――！」

目を開けると、天井で回る扇風機が目に入った。

馨ははっとして起き上がろうとした。と、

「気がついた？」

覗き込む鷹司の顔で、起きたできごとを思い出す。たしか風呂の底で滑って、湯の中に沈んでしまったのだった。呼吸できない苦しさが蘇る。周章《あわ》てて息を吸うと、だいじょうぶ、空気がすうっと鼻から抜けた。

「よかった。気がついて」

鷹司は下着一枚の姿である。

自分はと見ると、腰にバスタオルが掛けてあるが、下は裸だった。

頭の下にもタオルが敷かれ、脱衣場の床に寝かされていたことが判った。

救けてくれたのは、やはり——。

「びっくりしたよ、馨が急にザッバーンってお湯にダイブするから」

鷹司は、ほっとしたように笑う。

「俺、気ぃ喪《うしな》ってたのか」

「少しだけね。みんなびっくりしてるよ。早く着替えよう」

「う、うん」

立ち上がると、くらりと目眩がした。鷹司が背中を支えた。

「だいじょうぶ？　馨」

「——平気だよ」

裸の背中に触れられていると思うと、予測もしなかった羞恥《しゅうち》に見舞われた。なんだって恥ずかしいだなんて……意識している自分がもっと恥ずかしい。いくら立派なモノを見せてもらったからって、そんなのは、自分にだってついてるじゃないか。

馨は鷹司から離れようとした。結果、払いのける形になり、はっとした。

鷹司はやや驚いたようだったが、そのまま棚のほうに向かう。

責められなかったことに責められているような気がした。馨は今度こそそんな自分をとても恥ずかしいと思ったが、遅い。

のろのろと服をつける。鷹司は手早く着替えをすますと、どこかへ行ってしまった。

「はい、お約束」

戻ってきた時には紙パックを二つ、手にしている。

フルーツ牛乳。

「まあ、時代柄《がら》瓶ってわけにも行かないからね」

ストローを咥《くわ》えて笑う。

受け取って、脱衣場の入り口にある籐《とう》のベンチに腰を下ろす。甘ったるい乳飲料を送り込むと、意外にも燥いていたらしい喉がごくごく音を立てた。

「ごめん」

ストローから口を離して馨は呟いた。

「なにが」

「俺……その、溺《おぼ》れかかったり、失礼なこととか——」

「べつに、そんなことなんでもないよ」

鷹司は涼やかに笑う。

「思い出としては、却ってインパクトがあってよかったんじゃない?」

「……どんな思い出だよ」

「愉しい思い出。いや、馨にとってはイヤな思い出かな。イヤな奴が一緒だったし、ねえ」

いたずらっぽく笑う鷹司が、すごく大人に見えた。馨は目を瞬《しばたた》かせた。

「なに？」

「いい思い出になるように努力する」

そんな言葉が口をついた。言ってから、なに言ってんだ俺、と思った。

「それは、これからも俺につきあって愉快な思いをしてもいいってこと？」

鷹司はチャンスを逃さない。

「そ、そういうことじゃないけど――冗談、冗談だよっ」

馨は急いで胡麻化した。なにが冗談で本気なのか、自分でもよく判らなかったけれども。

「なんだ、残念だな。馨も、ちょっとは俺のこと好きになってくれてんのかなあと思ったのに」

「な、なに言ってんだよ」

「馨が好きだって言ってんの。ヘンな意味じゃないよ」

そう言われて、自分がまさに「ヘンな意味」でその言葉を捉えていたことに気づく。好き。

という、その一言に。

「ヘンな意味であってたまるかよ」

やはり勁がるしかなさそうだった。

スーパーセントーを後にして、麓の蕎麦屋《そばや》で昼食をとる。馨は冷やしたぬきそば、鷹司は鴨《かも》南蛮《なんばん》だった。財布を出そうとした馨をスマートに制して、鷹司はいくつもの「貸し」を作る。

「——今度は俺がおごるから」

仕方なく言った馨に、

「あ、今度があるんだ？」

あんのじょうそう返した。

なにか、うまいこと手のひらで転がされているような気がする。動揺を隠していることさえ、見透かされているような気が。

しかし、それは狼狽《ろうばい》はしても、不快な気のするものではなかった。歯の浮くような科白《セリフ》も大げさな言葉も、鷹司が口にすると自然なもののように聞こえる。

って、騙されてんじゃねーぞ。

自分に喝《かつ》を入れたつもりだったが、成功しているのかどうかは判らなかった。

5

ゴールデンウィークが明けると、すぐに中間テストの季節になる。

標高も高いが偏差値も高いと言われる青鑑《せいらん》高校である。受験期以来、久々に馨《かおる》は猛勉強した。広明《ひろあき》に知れる環境で受けるテストで、悲惨な結果を叩き出したくない。

昼休み、

「カオー、数Iどんな感じよ？」

後ろの席に坐っている、長谷川《はせがわ》というクラスメイトが問うてきた。

「どんなもこんなも、判ってることしか判んねえよ」

理数系は苦手な馨である。長谷川もそうらしい。

「なあ、過去問判んないかな」

「過去問？」

「三年に兄さんいんだろ。けっこう頭いいっていうじゃん」

広明のことを言われて、馨は身構えた。

「そうだ、カオに頼るという手があった」

話を聞きつけたか、わらわらと人が集まってくる。

「二年前のでもいいから、問題判んないかな」

「訊いてみてよ、カオ」

馨は憮然と黙り込んだ。兄がいることも、どんなキャラなのかも知られているが、馨が兄をどう思っているか知る者はいない。

「ていうか、カオの兄ちゃんって三池《みいけ》さんと仲いいんだろ？　三池さんに教わりたいなあ、俺」

一人が言い出すと、

「えーっ、俺あの人怖い。成績トップっていうけど、教えるのは下手《へた》そう。理解できないと殴

られそう」

「そうかなあ？　部活の先輩は、案外話せる奴《やつ》だって言ってたよ。俺は三池さん好きだな」

「俺は、だったら朝倉《あさくら》さんでいいや。気さくでいい人っぽいじゃん」

「じゃあ、俺、鷹司《たかつかさ》さんにする」

めいめい勝手なことを言い始める。

鷹司、と聞いて馨はどきりとした。

「カッコいいよなー、鷹司さん」

一人が相槌《あいづち》をうつ。

「一年の時から生徒会やってんだろ。一年生っていったら今の俺らとおんなじだぜ？　大人っぽいよなあ」

「女泣かしていそうだな」

「えー、あの人は貴道《きどう》さんとできてんじゃないの？」

「なに、それ、なになに？」

馨は、言った奴を見た。

「できてるって、どういうこと」

「二年の先輩が言ってたんだけどさ、鷹司さんと貴道さんがカップルで、三池さんと朝倉さんもカップルなんだって」

「ひぇー、さすが男子校！」

「やっぱあるんだ、そういうのー」

いつのまにか主旨《しゅし》が「三年生の人気投票」から「学校内カップルの噂話」に移っている。

できている。

鷹司が、貴道と。

そういえば、こないだ呼ばれた時、貴道が部屋から出てきたのだった。

あの時はなんとも思わなかったが、今考えると、二人は鷹司の部屋でなにを……いや、なんでそんなことが気になるんだ。どうでもいいじゃんか、鷹司の恋愛事情なんて。

それよりも、誰かが「谷中《やなか》の兄さんと誰それもカップル」などと言い出さないかが気になった。誰かって、やっぱり雨宮《あまみや》だろう。学年が違うのに、あんなにくっついているのは怪しい。

誰も言い出さなかったので、そのことは措《お》いておくことにする。

すると、どうでもいいはずの二人のことが残った。「貴道さんとカップル」という言葉がいつまでも耳の奥に響く。

「好きだ」と言われたことを思い出した。たしかに俺に、好きって言った。

ヘンな意味じゃないと、付け足したのだったが。

すると、ヘンな意味で好きなのは貴道だということになるのか……。

考えまいと思うそばからいろいろな想像が蠢《うごめ》き、馨はそんな自分にうんざりした。

クラスメイトたちに押し切られて、結局広明にテスト情報を訊きに行くことになった馨である。

ラファエル寮に向かいながら、馨は今日何度目かのため息をついた。

行きがかり上とはいえ、広明に教えを乞《こ》うことになってしまった。

「おう、谷中弟」

玄関を入ると、ホールのほうからやって来た三池が立ち止まった。

「鷹司ならさっき風呂にいたぜ」

「あ、はい……」

まず鷹司の消息から入るか……三年生の間で、自分のことはどんなふうに広まっているのだろう。

どんなふうにって、犬ってことじゃんか。馨はがっかりした。

「で、谷中は陸《りく》と外。リハビリって言ってるけど、どうせカラオケだろ」

広明は、一年の時に同室者と揉《も》め事を起こして戦いになってしまい、ベッドの枠に足をぶつけて骨を折ったそうだ。

相手はというと、半殺しにされたあげく、退学になったらしい。

そんなことにまでなる揉め事ってなんだよと思うが、とにかくその時に痛めた足が治りきっておらず、月に何度かの「リハビリ」を要するという。

もちろん、そんな後遺症などは残っているわけがなく、リハビリと称して麓《ふもと》にあるカラオケスナックに行っただけだ。

三池もそのことを知っているが、いつものこととあきらめているのか、それとも朝倉と「カップル」だから見逃しているのか。

妙な知識を得ているせいでか、妙なことを考えてしまった。馨は頬に血が上《のぼ》るのを感じながら、

「そうですか……カラオケ」

馨にはまったく理解できないのだが、広明はロック好きで、かなりの数のCDを所有している。国内外を問わず、爆音系のバンドを好み、中学に上がってからは頻繁《ひんぱん》にライブにも足を運んでいた。

馨が中学生になったら、連れて行ってあげると言っていたのに、約束は果たされないまま広明は遠い人になった。馨の気持ちなんかおかまいなしだ。

それはそれとして、広明が好むようなナンバーは、普通のカラオケ屋にはまず入っていない。だが、そのスナックのカラオケは十二万曲配信とかで、インディーズさえフォローしているという。

同室の朝倉がまたご同様の趣味者で、二人は月に一度はその店に行くらしい。そのさい、広明は「リハビリ」、朝倉は「買い物」という口実を使うそうだ。

やっぱり恋人だから甘いのか……馨はつい、三池の顔をまじまじと見つめてしまった。整った面《おもて》に、当惑の表情が浮かぶ。

「あ、あの」

言いかけて、思いついた。一年生の時から首席だという三池のほうが、この場合頼れる先輩ではないか。

「あのう、三池さんが一年の時の数Iのテスト問題って、判りますか」

「ああ？　——ああ」

唸《うな》るような声を聞くと、三池を「怖い」と言った者の気持ちが判る。

三池は、しかし脅かしたつもりではないのだろう。

「問題用紙はたぶん持っている。見せろと言うなら見せるが、さすがに問題かぶらないように作ってると思うぜ？」

ちょっと人の悪そうな笑みを浮かべて言った。

「あ、そ、そうか——そういえば、そうですね」

言われてみればなるほどである。普通の学校より生徒同士が緊密な関係を結んでいるこの学校で、三年間テスト問題が同じということはありえないだろう。今の二年が一年の時とも、当然変えてくるに違いない。

「でも見せて下さい。あのう、みんなそれじゃないと納得しないと思うんで」

「他力本願《たりき》か。しょうがない奴らだな」

「高校入って、中間初めてだから、いろいろ心配なんですよ。俺とか、三池さんみたいに頭良くないし」

「頭の良し悪《あ》しはあんまり関係ないと思うが。実力テストならともかく、定期テストは授業ちゃんと聞いて、ノートとって、予習・復習をまじめにやればある程度結果が出せる」

その、「授業をちゃんと聞く」云々《うんぬん》からして、自分とは人種の違いを感じる。予習復習も、三池なら完璧にやっていそうだ。そうでないと、二年間トップというわけにはいかないのである。

「それはともかく、じゃあ問題用紙持ってくるから、ホールで待ってろ」

三池は階段を上がって行った。

言われた通り、馨はホールに向かった。

扉を開けて、どきりとする。

鷹司と貴道が、そこにいた。鷹司、風呂からあがったのか。

テーブルに並んで腰かけ、なにか話していたのだろう。馨に気づくと、会話を止《や》めて二人はこちらを見た。

貴道はつんと顔を逸《そ》らし、鷹司はにっこり笑って手を振ってきた。

いつもと変わらぬ愛想のいい笑顔に、心臓がきゅっと摑まれたみたいになる。

なんでこいつの顔なんか見てときめいたりしてんの、と、馨はその後自戒した。広明を見てもきゅん、なんてしないのに。おかしい。しっかりしろ自分。

「馨、こっちにこないか」

離れたテーブルに坐ろうとすると、鷹司が声をかけた。

馨は貴道を見た。貴道は澄ました顔でつと立ち上がると、

「じゃ。鷹司、会報の件、忘れるなよ」

言い置いてドアに向かう。

馨のほうは、一度も見なかった。

あい変わらずのクールビューティ。いや、クールということもないか。下級生にタメ口をかれたぐらいで逆上するような奴は、短気で選《よ》り好みが烈《はげ》しいと言われたってしょうがない。

「作戦会議じゃなかったのか」

馨はやや躊躇《ちゅうちょ》しながら言った。

「聞こえてた？　いや終わったよ、話し合いは」

「俺、相当嫌われてんな」

馨は鷹司の前に腰を下ろした。

「貴道？　ああ、気にしなくていいよ。彼はおおむね、いつもあんな感じだから」

鷹司はなんでもないというふうに言う。

「よく判ってんだ。仲、いいもんな」

なんで卑屈《ひくつ》な口調になるのか、自分のことなのによく判らなかった。

「気になる？」

そして、鷹司はそんな馨に、思いっきり後悔させるようなことを言うのだ。思わせぶりな目つきで見つめられて、馨は意味もなく狼狽《うろた》えた。

「べつに。生徒会なんてめんどくせえこと進んでやるなんて、あんたもあいつも変わりもん同士だなって思っただけだよ」

「変わり者同士でつるんでるって？　まあ、そう言えなくもないが」

「デキている」というあの噂のことが頭に浮かんでいた。そうかもなと納得する。タイプはまったく異なるが、それが却《かえ》って合うということもあるだろう。その上いずれ劣《おと》らぬ美形同士とくれば、絵的にもさまになる。そういう願望含みの噂なのかもしれない、とちらり思う。

いずれにしても、自分には関係ないことだ……関係などないはずなのに、なんでこんなに苛々しているのだろう。鷹司が貴道と親しげに談笑しているのを見た、というだけのことで。

そんな気分には見憶《みおぼ》えがあった。広明と雨宮が一緒にいるところに出くわす時にせり上がってくる、どす黒い感情。嫉妬《しっと》。

おい待て、と馨は自分の中の自分に歯止めをかけた。なんで鷹司と貴道のことで俺が嫉妬しなけりゃならないわけ？　そんなに誰も彼も妬《ねた》むような奴だったのかお前？　誰かが誰かと親しくしているからといって、いちいち妬《や》くのか？

たしかに自分は、と思った。人よりは多少嫉妬深い性格かもしれない。仲良しだと思っている友人が、別の人間と親しくしているのを見ると、なんというか焦りに似た気分にとらわれる。そいつと一番親しいのは俺だ、と腹の中で思ってしまう。人気者になりたい願望があるのかもしれない。うぬぼれが勁《つよ》くて目立ちたがり。家の中でいつも主役だったから、そんな性格に育ったのだろうか。

だが、性格がどうという話ではないことに、馨は気づいていた。馨にとって広明は特別な相手だ。兄であり長年の思い人である。

鷹司は、けれど、誰でもない。今の関係があるのも、不測の事態により一時的に馨のプライベートを支配しているというだけな――はずだ。

広明に対して感じるのに似た気持ちが、どうして鷹司にも向かうのか。

もしかしたら俺……い、いや、そんなんじゃない。馨は頭の中で烈しくかぶりを振った。こいつは、厭味《いやみ》で強引で、人を小莫迦《こばか》にしていて……俺をいじって愉《たの》しんでるだけの相手じゃないか。

弄《もてあそ》ばれるのなんかごめんだ。

「あんたって、中学の時も生徒会やってないか？」

湧き上がるなにかの感情を抑えつけ、他愛《たわい》ない質問をふった。

「なんで判るの？」

鷹司はちょっと驚いたふうに言う。

「……なんとなく。高校で生徒会やるような奴は、中学の時も生徒会やってるんじゃねえかなって思っただけ」

「それは慧眼《けいがん》。まあ、どっちの場合も頼まれて仕方なくだけどね。ちなみに児童会長もやってるよ」

「いばるのが好きなんだな」

「だから、頼まれたんだってば」

「貴道に？　生徒会長に立候補するから、一緒に選挙に出てくれって？」

「ああ。しかも、俺は第二志望だし」

「第二志望？」

「貴道は三池と組みたかったんだよ。三池ってカリスマっぽいだろう？　人を跪《ひざまず》かせるようななにかがある奴って、俺も思うよ。その上成績トップでスポーツも万能だし」

「それなら、三池さんを会長にして、自分が副会長になればいいじゃん」

「俺に言われても。でも三池にはそんな気さらさらないから、どのみち一緒だよ。でね、第二志望が繰り上がったってわけ。三池にふられて途方にくれてたから、まあつきあってやるかなって。二番手だから、二番手やるのに調子がいいだろうと」

おやと思った。鷹司は自分のポジションや能力を、けっこうきちんと把握《はあく》しているらしい。

冷めた視線で貴道とのことを語る鷹司に、馨はなんとなくほっとした。

すぐに、そんな自分にぎょっとする。鷹司が貴道をどう思ってるかなんて、俺には関係ない。関係ないぞ。

「頼まれがちだけど、一番手にはなれない運命なんだな」

「一番手になりたいとは思ってないから。けどまあ、好きな相手からは一番好きだって言われたいな」

鷹司は意味ありげな笑みを浮かべた。

「そ、そうか」

深遠な表情のまま、こちらに乗り出してくる。

「馨だってそうだろ？」

「えっ」

「好きな人から、好きって思われたくない？　一番好きだって」

「——そりゃ」

なんでこんなに息苦しいのか、自分で自分が厭《いや》になる。鷹司と恋愛について語り合う時がくるとは思っていなかった。というか、そんな話をあまりしたくはない。

わけもなくどぎまぎし、おかしいほど狼狽《ろうばい》した。思わせぶりな鷹司が、いつもより十ぐらい年上に感じられる。豊富な手練手管《てれんてくだ》で、自分を翻弄《ほんろう》しようとしている……考えすぎだろうか。

考えすぎだよな。

しかし、鷹司はじっと馨を見つめているし、その眸《ひとみ》に熱を感じて馨は戸惑う。

ふいと、その顔が近づいた時、

「谷中弟。持ってきた」

三池の声が、漂う淫靡《いんび》な空気を一掃《いっそう》して響いた。

手にしたプリントを見て、馨は我に返る。

「あ、どうもすいません……うわあ九十七点！」

ほとんど丸しかついていない答案に、馨は目を瞠《みは》った。

「やっぱ頭いいんすね、三池さん。うわ、こんな複雑な三次方程式なんて、どうやって解くんですか」

「なんの話？」

鷹司がやや硬い声で訊《たず》ねた。

「中間前だろ。過去問見せろって一年生が言うもんで」

「で、三池に頼んだわけ」

鷹司が、どうやら腹を立てているらしいことが馨にも判る。しかし、なんで？

「俺じゃなくて、三池なんだ？」

三池が興味のない様子でホールから出て行くと、鷹司はやはり硬い声で言った。

あ、そういうことか。馨は得心《とくしん》する。要するに、頼られなかったことにむっとしてんだな。

「べつに三池さんを選んだってわけじゃないよ。みんなして兄貴に訊《き》けっていうからここにきたら、ちょうど三池さんがいたから――三池さんっていうか、むしろ上級生なら誰でもよかったんだよ」

嘘偽りなどない本当の話なのに、鷹司の不興は消えない。顔を強張《こわば》らせたまま、立ち上がった。

「あのー」

「いいよ。判った。俺がいれば俺に頼んでくれたって言いたいんだね」

「うん」

「そうか。なら、いい」

「いい、って顔してないじゃん。なに怒ってんの」

「怒ってなんかないよ」

「怒ってんじゃゃん」

鷹司は反応せず、ドアの向こうへ消えた。

残されて馨はぽつりと坐っていた。

「なんなんだよ、もう」

呟く。

あてにされなかったのが、そんなに悔しいか？　それとも三池さんだからまずかった？二番手の前の一番手だったから、やっぱちょっと意識してる？もともととらえどころのない男だ。考えても判らない。鷹司の気持ち。あんな奴がなに考えてるかなんて、気遣う必要ねえだろ、という声と、怒らせてしまった、まずいという焦りが混ざり合って頭の中に渦巻く。

小さなしこりが、胸に残った。


翌日から、馨の放課後は暇になった。

鷹司に呼び出されなくなったのだ。

一日に一度は呼び出されていたのが、ここ四日ばかりポケベルは鳴らない。

寮の部屋でベッドに坐り、馨は鳴らないポケベルをじっと見つめていた。

迷惑だと思っていた。うざかった。むかついた。

ベルが鳴るたび、そんな感情しか湧かなかったのに、鳴らなくなればなったでなんとなく気にかかるというのは、どういうわけなのだろう。

「なんだよ俺。こんなもんないほうがいいに決まってんだろ」

呟くがベルは鳴らない。

こっちから鳴らしてみようかと、ふと思った。

視聴覚室にはパソコンがある。

放課後の校舎に忍び込む。パソコンの前に座って、五十音対照表を取り出した。ただのメールじゃつまらない。

『よ、ば、な、い、の、か』

それじゃまるで、呼ばれたがってるみたいじゃん。デリート。

『な、ん、か、よ、う、な、い？』

これも誘ってるみたいで気持ちが悪い。

『い、ま、ど、こ』

やっぱりヘンだ。

ヘンなのは自分だ。そして思った。

喜ばしいことじゃないか。しょうもない用事ばっか押し付けられて、男のプライドなんかもうボロボロで……それがなくなったんだから、嬉しく思いこそすれ、つまらないなんてなんで思う？

つまらなくなんか、ないぞ。

思い直して立ち上がった。

ラファエル寮への渡り廊下を歩いていると、向こうから奈々村《ななむら》が現れた。

「カオちゃーん」

馨を見つけて、手を振る。

玄関に向かうのを、後ろから、

「出かけんの？」

馨は訊《たず》ねた。

「お使い。キャベツが足りなくなったから、麓の農家で分けてもらうんだ」

奈々村はきびきびと靴を履き替える。

三百人からの生徒を賄《まかな》うのだから、尋常《じんじょう》な数ではないだろう。おまけにキャベツは重い。

「一人でだいじょうぶなのか。運べないだろ」

「うん。リヤカー借りて、箱ごと持ってこようと思って」

「ってったって、上りはきついんじゃないか」

馨は辺りを窺《うかが》いつつ言った。こんな時、どこからともなく現れるはずの男の姿がない。

「っていうか、久和《くわ》は？」

「きゅーちゃん、一緒にきてくれるって言ってたんだけど、なんか寮長の会議があるとかいって呼ばれて行っちゃったんだ」

「じゃあ、俺が行こうか」

馨が申し出ると、奈々村の顔がぱっと明るくなる。

しかし、

「でも、これは俺の仕事だし、手伝ってもらうっていうのもなあ……」

迷うように言った。

「だって久和は手伝うって言ったんだろ」

「まあ、そうだけど……じゃ、お言葉に甘えて」

物置小屋でリヤカーを借り、ごろごろと坂を下る。

「ユカと久和って、一緒に育ったのか？」

道すがら、話をする。

馨の問いに、

「うん。一つにもなってなかったっていうから。でも、小さい頃から、きゅーちゃんと俺は違うって判ってたけどね」

「分け隔《へだ》てされたってこと？」

「そんなんじゃないよ。ただ、出生の秘密っていうの？　棄《す》て子《ご》だったことはちゃんと久和のお父さんお母さんから聞かされてた。幼稚園に上がる前。差別っていうんじゃなくて、このまま久和さんちの子として育ったら、なんで同い年の似てない兄弟がいるの？　ってことになるから、最初から知らせておいたほうが俺らのためだって」

「そ、そうか」

「奈々村っていう苗字も、その時つけてもらったんだ。久和の家の遠縁かなんかだって。もう途絶えた家らしいんだけど。幼稚園から奈々村縁《ゆかり》だよ」

「でも、それってきつくないか？　どうやって受け入れたわけ、その現実を」

五つ六つの頃から親なし子だと知って生活するって、どんな気のするものなのだろう。

奈々村には悪いが、馨はそこに興味を抱いたのだった。

「受け入れたっていうか、あ、そうなんだって思っただけ」

奈々村の返答は、あっさりしたものである。

「その頃のことはあんまり記憶にないけど、なんとなく、きゅーちゃんと俺とは違うって思ってた。理由はないんだけどね。小さかったし、そんないろいろ考えるようなこともなかったし。自分でもよく判らない。でも漠然と感じてたんじゃないかな。だから、本当の親じゃないって言われてああそうかって。でもそれ以外は全然不公平なんてなくて、普通に久和さんちの子として育てられたよ。不満なんてないよ」

「でも、学校は中学までって思ってたんだろ」

「そりゃあ、アカの他人に義務教育以上はお世話になるのなんて気がひけるよ。久和さんちの子として育てられたっていっても、俺はほんとの子どもじゃないんだし」

奈々村は淡々と言う。現実をすんなり受け入れて、自分の位置をちゃんと知っている。

「本当の親のことって考えたりする？　……いや、ごめん、ヘンなこと聞いて」

馨は急いで謝ったが、奈々村は気にしたふうもなく、

「時々は考えるよ。きれいな夕焼けを眺めてたりして、じーんとなっちゃった時とか。ああ、お母さんってこんな感じなのかなって。でも、そんなこと思うのは久和のおばさんに失礼だよね」

笑った。

勁《つよ》い奴なんだな。そう思った。トロくて危なっかしいところがあるが、実は誰よりも逞《たくま》しいのかもしれない。

それに較《くら》べて、と考える。育ててくれた親が本当の親じゃないと知って、あからさまにグレた自分。

俺だって、もっと小さい時に教えてもらったなら、こんなふうに考えることができた。

――ということは絶対ないな。

自分の性格を考えると、すぐにいじけて、陰にこもる、イヤーな感じの子どもに育っていただろう。長じてからはグレて、悪い仲間を作ってアンダーグラウンドな世界にとりこまれてい

たかもしれない。

そんな性格だから、親たちはあえて事実を隠し、慎重に自分を育ててきたのだろう。

こんな俺なんかに、気を遣って――。

「カオちゃん？　どうかした？」

奈々村が不思議そうに覗き込んできた。

「なんでもない」

自分も似たような境遇だとは、やはり言えなかった。奈々村より、少なくとも精神的にはよほど恵まれた環境にあって、学費の高いこんな私立の高校に入れてもらって、親の気遣いなんか当たり前だと思っている、こんな自分。奈々村の気持ちが判るだなんて、おいそれとは口にできない。

「ユカは偉いなーと思っただけ」

「ええ、そうかな？　偉いかな。そうかなあ」

奈々村は嬉しそうだ。

訪ねていった畑の持ち主は、快《こころよ》く頼みを聞き入れてくれた。聞くと、青籃に野菜を卸《おろ》している農家なのだという。

ついでだからとダンボールに大量のナスやキュウリを詰め込まれ、ずっしり重くなったリヤカーとともに出発する。馨のほうが背も高く力があるということで、馨が車を引き、奈々村が後押しをすることになった。

「なんかこれは……これ、重いね、悪いねカオちゃん」

後ろからリヤカーを押しながら、奈々村が踏ん張った声で言う。

「全然。なんでもねえよ、これくらい」

嘘である。五十個以上あるキャベツの重みが、取っ手を握る手にずしっとこたえる。力仕事なんかしたことのない馨にとっては、かなり過酷な労働といえた。

「ふう。ちょっと休もうか」

半分ほど坂を上ってから、奈々村のほうが先にギブアップした。

「あ、なんか飲む？」

ちょうどそこに自動販売機がある。馨は小銭を探してジャージのポケットに手を突っ込んだ。

ポケベルが指に触れた。

「――」

「だいじょうぶだよ、あんまり休憩したら、よけい疲れるよ。このまま行こう」

再びのろのろと坂を上って行った。駆け下りてきた人影が、リヤカーの前に飛び出した。

「きゅーちゃん！」

「久和」

「……なにやってんだよ」

久和の声には、不快感が滲《にじ》んでいる。

しかしおおむね、彼の声音はこんな感じなので、本当に怒っているのかどうかはよく判らない。

本当だったとして、その理由は、

「なんでお前がここにいんだよ」

と、そういうことなのだろう。

険のある目で睨まれると、さすがに肝《きも》が冷える。

「カオちゃんは、手伝ってくれたんだよ。きゅーちゃんがこられなくなったから」

奈々村は、意図的にではないだろうが、後半部分を強調して言う。

「会議終わったのか？　どんなことを話し合うん？」

馨はさりげなくリヤカーから離れ、つとめてマヌケそうに問うた。

当然のように久和が馨のいた位置におさまる。

「大した話でもない。礼拝の遅刻者を撲滅《ぼくめつ》しようって、三池さんにお達しがあったらしい、ト様から」

「上様って、貴道？」

一年生たちは、この頃貴道のことをそう呼んでいる。圧倒的な美貌に驚かされた後は、高飛車で不遜《ふそん》なキャラクターのほうに注目したというわけだ。

「呼び捨てか……頭ねじ切られるぞ、谷中」

「だって俺、あいつ嫌いだもーん」

「カオちゃん。どこに間者《かんじゃ》がいるか判らないよ？」

「間者って……」

言っている間に、リヤカーはすいすい調子よく転がってゆく。あんなに重いのに、平気なのか？　久和は息も乱さず、しっかりと歩を進める。

「そういや、お前この頃あんまり呼ばれないみたいだな」

ふと思いついたように言った。

「鷹司さん。あんなに毎日呼び出してたのに」

久和たちと一緒にいる時にベルが鳴ったことも、何度かあったのだ。

指摘され、馨はなんと答えていいのか判らない。鷹司のすっとぼけた顔が脳裏に浮かんでいる。

「飽きたんだろ」

ようやく言った。

「ふーん。案外気分屋なんだな」

「……」

道を曲がると、校門がすぐに見えてきた。到着。

「けっこう大変だったね」

「だから、待ってろって言っただろ」

二人のやりとりを聞きながら、馨は浮かんだ鷹司の顔を、どうにかかき消そうとあがいていた。

6

中間テストが終わった。最終日、答案が回収されると、誰からともなく拍手が沸き起こった。

「お疲れさーん」

「終わった終わった！」

「いえーい、三連休ー」

高校生になってから初めての定期試験に、皆気が張りつめていたのが判る。たがが外れたように教室が騒がしくなった。

試験の後、金曜日が休みになる。土・日と合わせて三連休。心も浮き立つというものだ。

結果のことは考えないことにして、馨《かおる》は足取りも軽く寮に戻った。

久和《くわ》はまだ戻ってきていない。散らかった机を片づけていて、ふと思い出した。

三池《みいけ》に答案用紙を返さなければならない。結局、同じものは出題されなかったが、似た傾向の問題がいくつかあって、馨は皆からおおいに感謝されたのである。

クリアファイルに答案を挟み、部屋を出た。玄関のほうから、久和が入ってきた。

「おう」

「どこに行く？」

「ラファエル。三池さんにこれ返す」

手にしたファイルを振ってみせると、久和は納得顔で頷いた。

「俺もホールに行こうかな」

久和が珍しく言う。奈々村《ななむら》は寮の仕事があって、他の生徒たちのように自由な放課後を過ごせない。

「じゃ、七ならべでもやろうぜ」

「二人でか」

「誰かいるだろ。誘えばいいじゃん」

どのみち一回部屋に帰ると久和は言い、馨はそのまま渡り廊下のほうへ向かった。

ラファエル寮に通じるドアを開ける。と、階段を下りてきた朝倉《あさくら》と出くわした。

「お、ヒロ弟。ホール？」

気さくに声をかけてくる。この人のことは、なんとなく好きだ。

「はい。朝倉さんも？」

朝倉が答える前に、玄関脇の小部屋から愉《たの》しそうな声が聞こえてきた。

「よかったねえ、ミヤっち」

広明《ひろあき》の声だ。馨は足を止めた。

「部屋に戻って読みます――あ」

雨宮《あまみや》も、馨を見て立ち止まる。胸に、B5ほどのサイズの封筒を抱えている。

その後ろから広明が現れる。丸い目がぱしぱし瞬《しばた》いた後、

「カオルちゃん、テストどうだった?」

兄が弟に対して発する、優しい声。

馨は無言で広明を見つめた。広明はやや当惑したように首を傾《かし》げる。

「あんたに関係ねーよ」

言い置いて踵《きびす》を返そうとすると、

「そ、そんな言い方……」

誰かが言った。誰か――雨宮だ。

おずおずと、しかし目にははっきり非難の色を浮かべて、雨宮は、

「ヒロさんは馨くんのこと心配してるのに」

馨を見る。

「なんでそういう言い方ばっかりするの?　お兄さんなのに」

「ミヤっち、いいから」

「なんだよっ」

広明がとりなそうとしたが、遅かった。

馨は眦《まなじり》を決して雨宮を見た。睨まれて、竦《すく》んだように身じろぎするが、目に現れた勁《つよ》い意思の光は消えない。

根性だけでどうにか立って、馨に対峙《たいじ》しているようだった。そんな雨宮に、いっそう苛立った。

「お前になにが判るんだよ、俺たちのことは俺たちのことだ！　うちの中のことは、お前なんかに関係ねえんだよ！　すっこんでろ、ボケがよ」

腸《はらわた》が煮えくり返っていた。怒りで目眩《めま》いがする。馨が過ごした二年間、その二年間が馨にとってどんなものだったか、このつるんとした奴《やつ》に判るものか。何通も手紙を送った。カミソリや毛虫や蝶《ちょう》の死骸《しがい》を送りつけた。文章はなく、強烈な悪意だけが伝わる便り。

最初のうちこそ当たり障りのない近況が返ってきたが、一年も続くとそれも途切れる。読んでいないわけではないだろうが、結果的に広明は手紙を無視した。少なくとも、馨はそう思っている。弟の悪意を認めず、「僕は元気です」と便りをよこした兄は、現実から逃げているのだ。そしてやがて、馨を無視するようになった。

疎《うと》まれたり嫌われたほうが、無視されるよりはずっといい。

FLAT
FISH
PUNCT
ATUS

それなのに無視した。そんな手紙を送り続けなければならない馨の苦しみに気づいていないのか、いても目を瞑《つぶ》っていたのか。どちらにせよ同じだ。見棄《みす》てられた。そう感じた。それを思うと、雨宮の先輩ぶった進言など聞き入れる余地はない。だいたいお前はなにを知っているというのだ。

「お前になんか、俺の気持ちが判るか！　こない手紙を待って、俺は――俺は――っ」

睨みつけると、雨宮が胸に抱えている封筒が目に入った。

馨の手は雨宮に伸びた。封筒を奪い取ると、それを二つに引き裂いた。怒りに任せるままさらに二つにする。

三度目に破りかかった時、

「馨！」

鋭い声とともに、腕を摑まれた。

「いいかげんにしろ！」

ぱしっと手をはたかれた。

手から封筒がぱさりと落ちる。

次いで、燥《かわ》いた音とともに頬が熱くなった。

殴られたことに気づいたのは、遅れて痛みを感じた後だった。

「俺だけならともかく、赤の他人に迷惑かけるなっ」

怒声を聞きつけたか、人が集まってくる。

馨は頬を押さえた。哀しみとも悔しさともつかない感情がこみ上げた。

「……ヒロ」

ぽかんとしていた朝倉が、広明の手を下げさせた。

雨宮は床にしゃがみこんで、ばらばらになった紙片を掻き集めている。

「なんの騒ぎだ」

三池がホールから出て来た。棒立ちになっている四人を、それぞれ見やる。

「陸《りく》、なにがあったか説明できるな？」

寮長らしい顔になった。

「えーと、ヒロとミヤが一緒で、ミヤが手紙を持ってて、カオルちゃんがヒロに悪態ついて、たしなめたミヤの手紙を、カオルちゃんが破いた……って感じかな」

三池は、顔をややしかめた。

「——なるほど」

兄弟を一瞥《いちべつ》する。わらわらと廊下には人が集まり、遠巻きにして騒ぎを眺めていた。

「気持ちは判るが、殴るまでの必要はなかったな」

三池はギャラリーのほうを見やった。

と、人の輪が崩れて、

「三池さん、なにかあったんですか」

久和が大またに近づいてきた。

「谷中《やなか》が、なにか？」

問われて簡単に三池が経緯《けいい》を説明する。雨宮にきた手紙を、馨が破いたこと、怒った谷中が、弟を打ったこと。

久和はしかめ面《つら》で馨を見た。そこはかとない非難を感じ取り、馨はぷいと横を向く。なんとでも思え。自分でだって呆れている。こんな騒動。

「暴行事件として、速やかに処分する必要がある——谷中には反省室に入ってもらう」

三池が断を下した。

「こっちの谷中も、反省室行きが妥当《だとう》と判断します」

「——ということだ。二人とも、立って。舎監の先生のところだ」


反省室のドアが閉まると、馨はほうとため息をついた。

舎監に送られて入った反省室は、噂よりもかなりまともな場所だった。三畳ほどの板張りの洋間で、机と椅子とベッドがある。机の上にはポットが置いてあり、伏せた茶碗と小皿が並んでいた。片隅に祈禱台《きとうだい》があり、マリア像がこちらを見下ろしている。

噂では、扉や窓は鉄格子になっており、じめじめしたコンクリートの床になめくじが這《は》っていたりしたのだが、そんなおどろおどろしい部屋ではない。かび臭く、そして寒いのに耐えられれば、扉を叩いて泣き叫ぶようなことにはならなさそうだった。噂は、そうやって泣き叫んだあげく、肺炎をおこして亡くなったかつての在校生の幽霊が、夜の反省室で夢枕に立つ、と続く。

ばかばかしい。

幽霊うんぬんに関してはどうだか知らないが、べつに幽霊が出たからってなんだ。俺なんか親なし子だ。

妙な気合を入れ、馨は茶碗に湯を注いだ。まさかとは思ったが、まぎれもなくただの白湯《さゆ》だった。茶葉は用意されておらず、小皿には塩が盛られている。

莫迦《ばか》にしやがってと憤《いきどお》りつつ、塩を舐《な》め白湯を飲む。

身体が温かくなってくると、気分も落ち着く。馨は、ベッドのあるほうの壁を見た。

隣の房に、広明もまた入っているはずだった。兄もこんなふうに白湯を啜《すす》っているのだろうか。

打たれた頬に手をやる。痛みは消えていたが、今度は心が痛い。

親にもぶたれたことなどなかった。ましてや広明が。なにをしてもにこにこ笑っていた兄の怒る顔を、馨は思い出す。

――俺はいいけど、赤の他人を巻き込むな！

すると、広明は少なくとも、馨が自分を恨んでいることは知っているのだ。あんな手紙を受け取ったのだから、そう感じるだろう。

当たり前のこととはいえ、それを確かめることができて、不思議な満足感をおぼえている。

「兄ちゃん」

馨は壁をコツコツと叩いた。

「兄ちゃん――」

聞こえないか。聞こえても、応じてくれるわけがない。雨宮の手紙を破いたことに、兄はまだ怒っているのだろうし。

どんないたずらも、いつでも笑って赦《ゆる》してくれた兄。一方的に馨がつっかかる時も、困ったような顔で、罵声や責める言葉を受け止めているだけだった。お門違いな怒りをぶつけて、叱《しっ》責《せき》や反論が飛んできたことはない。手ごたえのない広明が歯がゆかった。

けれど、今日は本気で怒った。本気を見せてくれた。殴りかかっても防戦一方だった広明が、自ら弟に手を上げた。

広明でも怒るということを今日、やっと確認できた。勉強になった。

ただ、その原因が第三者だという点が気に入らないが……雨宮のためにあれだけ激怒したのだと思うと、それはそれで厭《いや》な気もする。広明は雨宮を、どう思っているのだろう。

自分が広明を思うように思っているとしたら……いや、そんなの冗談じゃないと考え直す。けれど、人が思うということを、止める手立てはない。

「ひでーよ、兄ちゃん……」

馨は呟いた。応えてくれないばかりか、他の人間に心を寄せるだなんて。

目の前が真っ暗になりそうだった。


ベッドに凭《もた》れて、少しうとうとしていたらしい。

冷たい感触に、馨は目を開けた。床についていた臀《しり》が、すっかり冷えていた。

足元に積まれている毛布をかぶり、立ち上がった時、ドアのほうからカチャリという音がした。

ひっと後退《あとずさ》る。回るノブ。ドアが開く。

「み、三池さん」

「反省してるか？」

三池は皿を手にしている。白いおむすびが四つ、載っている。

馨は思わずごくりと唾《つば》を飲み込んだ。夕飯を食べていないことが急に思い出された。

「待ってろ」

三池は部屋を出て行く。

いったいどうなっているのだろう。反省室の鍵は、舎監の先生しか持っていないはずだ。いや、教職員が持っているとしても、一生徒に貸し出すわけがない。

首を捻《ひね》っていると、三池が戻ってきた。

「谷中弟、こっち」

驚いたことに、隣の房のドアも開いていた。

三池の向こうに、きょとんとした顔つきの広明が立っている。

「ミケちゃん、なんで……?」

「差し入れだ」

「わーい、おにぎりだ……って、だからさ、ミケちゃんなんでこんなことができるわけ?」

「深く考えるな。魚心《うおごころ》あれば水心《みずごころ》だ」

三池は有無を言わさぬ口調で、

「一時間後に施錠しにくる。その間、お前らよく話し合え」

「ミケちゃん」

「三池さん」

「互いに判りあえるようにとことん話せ——一時間だ。いいな」

「……どういう人なんだよ」

ドアが閉まってから、馨は呟いた。

「底知れないところがあるんだよねー、ミケちゃんは」

あんたに言われたくはないだろう。

が、それで緊張した空気が緩《ゆる》んだ。馨はほっとした。おにぎりの皿を見る。

「とりあえず、食べようか。カオルちゃん、ここ坐りなよ」

ベッドに腰かけて、広明が手招きした。

兄弟は並んで坐り、おにぎりを頬張った。ただの白飯かと思ったのだが、梅干が入っている。

「カオルちゃん食べなよ」

あっという間に二つ平らげた馨に、広明が皿を押すようにした。

「えっ、い、いいよ。二個ずつだろ」

「いいからいいから……じゃ、半分にしよう」

答えも聞かず広明はおにぎりを割って、大きいほうを差し出す。

「……ごめん」

「謝るようなことでもないよ」

「っていうか……さっきのこととか……」

ぼそぼそ言うと、広明はちょっとばつの悪そうな顔になった。

「ごめんね、カオルちゃん。ぶったりして」

「いや、それだけのことをしたんだししょうがないよ」

「お父さんにだってぶたれたことないのにね」

「……そんだけ兄ちゃんは怒ったってことなんだろ？　兄ちゃんが本気で怒るなんて初めてだ。俺も一人前になったのかなと思ったよ」

「やー、それは……ほんとごめん」

「謝るなって」

「ミヤにとってはさ」

少し間を置いた後、広明が言う。

「大切なもんなんだ。家からの手紙……まあ、手紙なんてたいがいが大事なんだろうけどさ」

「俺がそれを破ったから、兄ちゃんは俺のこと――」

「っていうのもあるけど、ここに来てからずっと、カオルちゃん不機嫌そうだし。いつも反抗的だから、俺もちょっとはむっとしてた……というのもある」

「それで、いいかげんにしろって言ったのか」

「ごめんねー」

「赤の他人って言ったよな」

「言ったよ」

「……あの人、他人なの？」

「はあ？」

広明はほんとうに心当たりがないという様子だ。

「だから、雨宮さんと……兄ちゃんて……その」

「ミヤは好きだよ。気が合うし」

言ってから、

「ヘンなこと勘繰《かんぐ》ってんなら、違うからね」

やっぱり判ってるんじゃないか。

食えない兄の澄まし顔に、馨は苦笑するしかなかった。

「手紙っていや、俺からの手紙、兄ちゃん無視したよね」

とことん話せという三池の奨励《しょうれい》により、馨は今まで言わなかったことを口にした。

「あー……」

広明は、きまり悪そうに俯《うつむ》いた。

「カオルちゃん。あれは手紙じゃないよ……」

「だからって、『みんな元気ですか？　僕は元気です』なんてマヌケな返事よこすことないだろ」

「そ、そう？　返信がないよりましかと思ったんだけどな……」

「ましだけど、途中からよこさなくなったじゃんか」

「だって、効果なしだもの。あい変わらず今回も毛虫か、みたいな。俺が返事を出そうと出すまいと、カオルちゃんは怒ってるんだなと思った」

「……怒らせるような心当たり、あんの？」

「っていうか、あまりに君が俺に八つ当たりするんで、俺がいなくなればいいのかなと思ったんだ」

馨は黙り込んだ。たしかに、逃げられるようなことをしている自覚はあった。事実を知って以来、家で暴れるようになった。広明のタンスの中のもの、机の引き出しの中身、全部ぶちまけて床に叩きつけた。

広明が、憎まれていると感じたのも仕方ないか……。やるせなさからくる鬱憤《うっぷん》を、総《すべ》て広明にぶつけていた。理不尽な暴力を受けた広明が、逃げ出すのも無理はなかった。

「……俺、最悪だったからな」

初めて反省という概念が胸に生まれた。

「まあ、しょうがないよ。俺も正直、どうしていいのか判んなかったし」

うなだれる馨の肩を叩き、広明は温かな笑顔を見せる。

あ――と思い出した。

「兄ちゃん、憶《おぼ》えてる？　俺が海で流されそうになった時のこと」

言うと、広明はうん、と頷いた。

「憶えてる」


小学校の、まだ低学年の頃だ。夏で、家族で海に行った。

海水浴は初めてだったと思う。飛び込んだ海の中はぬるく、プールの水よりも少し重いような気がした。

「足の着くところだけにしなさいよ」

母親の忠告を、聞いていたのだかいないのだか。

気づけば、ずいぶん沖だった。波の間をぱしゃぱしゃやりながら、いつのまにか流されてしまっていたらしい。

馨は、はっとして振り返った。陽射しの照りつける、白い砂浜が遠い。

足の着くところ。思い出して探ると、つま先がかろうじて底に触れた。

俄《にわ》かに非常事態を意識して、馨は周章《あわ》てた。ここより先に行っちゃったら、戻ってこられなくなる。

流されないように、泳ぎはじめた。が、気ばかり焦って身体が前に進まない。掻いても掻いても海は無情に稚《おさな》い馨をその場に留め置く。

「や――」

馨は泣き声を上げた。

「たす、けて……誰か……誰かっ」

沈まないように足で水を掻くが、それもだんだん疲れてきた。既に足の立たないところまできている。

……このまま死ぬ。

それまで一度も考えたことのなかった死という概念が、身近に迫っている。もっとずっと小さい頃に葬式に行ったことがある。死ぬということは明確に描けなくても、黒い服を着た人や、読経《どきょう》の声は思い出された。運び出される棺《ひつぎ》のイメージ。

思い出した。亡くなったのは、まだ小さい子どもだった。「こんな小さなお棺《かん》に入れられてかわいそうに」、母親が涙声で呟くのを聞いた。

ああなるんだ。馨は恐怖に見舞われた。黒い服を着た人がいっぱいきて、自分は小さな箱に入ってどこかに運ばれる。怖くないのか？　窮屈《きゅうくつ》じゃないのか？　一人になりたくない――。

錯乱《さくらん》する思考の向こうに、広明の顔があった。いつも優しく、明るい兄。困った時には飛んできて救けてくれる兄。

「カオルちゃん！」

幻《まぼろし》ではなく現実だった。広明がそこにいる。浮き輪をこちらへ放り投げた。

受け取り、しっかりつかまる。すぐに兄が泳いできた。

「兄ちゃん……」

「だいじょうぶ、だいじょうぶ。怖かったね。だいじょうぶだからね」

その温かな兄の笑顔を見ると、ようやく強張《こわば》りが解けた。安堵感《あんどかん》と、改めて訪れた恐怖に、馨は啜《すす》り泣《な》いた。

「怖い……怖いよ……」

「だいじょうぶ。浮き輪から手を放さないで」

広明が後ろからぎゅっと馨の身体を抱きしめる。そのまま、馨を抱えて泳ぎ始めた。怯《おび》える馨を励《はげ》ましながら、ゆっくり浜辺に向かう。

波打ち際に着くまで、馨は広明にしがみついていた。砂に足が着いても、まだ安心できなかった。

「ほら、カニがいる」

兄はもういつものように落ち着いた様子で砂浜を指した。

「カニ、とって兄ちゃん」

泣き喚《わめ》いた後でこそばゆかったが、馨は広明に甘えた。兄はよし、としゃがみ込み、カニを追い始めた。

おっとりとしていて、あまり積極的ではないけれど、いざという時には頼れる兄。

そんな広明が、大好きだった。

「俺、あの頃から兄ちゃんに依存するようになったんだよな……」

遠い昔に思いを馳《は》せ、馨は呟いた。

「それまでだってじゅうぶん依存してたけど、兄ちゃん、兄ちゃんってまとわりついて。うざかっただろ？」

「そんなことないよ」

広明は明るく答えた。

「俺は頼られて嬉しかったもん。カオルちゃんちっちゃくて可愛かったし。まさか俺よりでかくなるとは思ってなかった」

「……ごめん」

「なんで謝るんだよお」

肘《ひじ》でつつかれ、馨は苦笑した。

「なんか、謝ることがいろいろあって……どこから手をつけたらいいのか判らない」

「謝らなくていいんだよ、弟なんだから」

「弟……」

呟く。今さらながらに、自分は弟なんだと感じた。

そのことに対する痛みは、けれどどこか甘い。

あれ？　と轡は内心首を捻《ひね》った。本来苦いはずのこんな思いを、なんで甘く感じるんだろう……。

「カオルちゃん？」

なんだろう。広明に対する気持ちが変わってきている？

弟でいいと思ってるのか。弟なら御《おん》の字だとでも？

「俺……」

判らない。

代わりに、

「兄ちゃんさ、俺と雨宮さんとが溺《おぼ》れてたら、どっちを救ける？」

そんな問いが口をついた。

「カオルちゃん」

あまりの即答に、轡は声を喪《うしな》う。

「もちろん、その後ミヤもちゃんと救けるけどね」

「どっちか一人しか救けられないとして」という前提を入れておいたほうがよかったのだろうか。

それにしてもきっぱりした物言いである。

「当然じゃん。カオルちゃんになにかあったら、お父さんとお母さんが哀しむ。俺も哀しい。家族を亡くしたり、哀しませるのは厭《いや》だよ」

広明は、そんなふうに語った。

馨の胸には、さっきと同じ思いが広がる……甘い、痛み。

選ばれはしたが、家族だからという理由じゃ切ない。

そのはずなのに、それも仕方ないかと、この現実を受け入れようとしている自分がいるのだ。

時間になって三池がきて、皿を回収し兄弟をそれぞれの独房に戻し、帰って行った。

一人になってベッドの上で頭を抱え、馨はまだ考えている。自分のこと。広明のこと。兄と弟という関係。

そもそも、自分は広明をどうしたかったのだろうか。

押さえつけて自分のものにする？　力で支配する？　それとも猫撫で声で近寄って行って、油断したところをぱくりとやるか。

どれも現実からは離れているように思えた。けれど少し前までの自分は、そんなことを真面目に考えていたのだ。

そして今、そんな自分の心のありようが嘘のように遠い。

兄弟はどこまで行っても兄弟だという当たり前のことに、納得している。

弟としてしか愛されないと判っていても、広明の言葉は素直に嬉しかった。

広明にとって自分は、どこまで行っても弟でしかなく、それもしょうがないなと思う自分は、なんなのだろう。

二年間グルグル悩みつづけたことが、ここ一、二ヶ月で解けようとしている。

なんで……？

環境が変わったということもあるのだろうか。高校生になって、知り合いも増えて、世界が広がった。

新しい人間関係を築き上げて行くために、邪《よこし》まな兄弟愛は必要なかったのだ。

新しい人間関係――。

なぜかふと、鷹司《たかつかさ》の顔が浮かんだ。

馨は、そしてそんな自分にびっくりする。

なんでこんな時にあいつの顔なんか思い出すんだよ？

今まで、誰かに隷属《れいぞく》させられたことなんかなかったからだ。答えはすぐに出た。

あんな強引で自分勝手な人間を、見たことがなかったせいだ。

他に理由なんて、絶対ないからな。

――などと我を張っている自分に、また気づいてはっとした。

なんかもう最悪だ。兄貴にはふられちゃったし、反省室には入れられるし、それだというのに奴のことを考えたりしている。

キスの場面が不意に蘇《よみがえ》った。

虚をつかれ、馨はうっと胸を押さえる。なんでここがこんなに痛いの？　あのキスの意味はなんだったの？

「好きだ」っていうあの言葉は本気なのか、揶揄《からか》われているだけなのか、いまだに疑問なままだ――。

だからもう、駄目だって。あいつのことなんか絶対考えないぞ。

だが鷹司の面影《おもかげ》は目裏《まなうら》にちらついて、なかなか消えてくれなかった。


翌朝早く、舎監の先生がやって来て、二人を反省室から出してくれた。

毛布をたたみ、隣のドアを見やる。出て来た広明が、にっと笑った。

「カオルちゃん、眠れた？」

「……あんまり」

広明への恋心と鷹司の真意、両者のありかが判らず悶々《もんもん》としていたなどとは言えない。

「そっかー。俺なんか爆睡しちゃったぞ。どこででもどんな時でもぐっすり眠れるのって美徳だよね？」

「……さ、さあ」

「まずご飯だ。おにぎり一個半じゃ、やっぱり足りないよね」

馨も同感である。とりあえずラファエル寮に向かう。若い胃袋に、二つばかりのおにぎりはたしかにあまり足しにはならない。

土曜日だった。食堂には誰もいない。二人で並んで、和定食をとる。ご飯は大盛りだ。兄弟はさらに、一膳《いちぜん》ずつお代わりをした。

腹がふくれたので、ここは思う存分眠りたいところだったが、それより先にやることがあった。

「雨宮さんに謝らなきゃ。部屋どこ？」

教えられたルームナンバーを復唱する。

雨宮は一人で部屋にいた。馨を見ると、

「馨くん。だいじょうぶだった？　ゆうべはご飯抜きだよね。朝は食べた？」

心配そうに訊《たず》ねる。

「や、三池さ……いや、飯は今さっき食ってきたからだいじょうぶっす。っていうか」

こちらを見上げる、純真な小動物みたいな目に罪悪感をおぼえながら、

「その……昨日は、すいませんでした。俺、手紙破いたりして」

馨は頭を下げた。

「いや、いや。だいじょうぶだよ。破れたところは直したから」

雨宮は、机の上に置いてあった封筒を見せた。封筒も中の手紙も、きれいに破れ目を合わせてテープで貼り合わされている。

罪悪感が、却《かえ》って倍加した。丁寧な作業の跡が、雨宮にとっては特別に大事だという広明の言葉を証明している。

「本当にすいません。俺、そんな大切なものだって知らなくて……あの、兄ちゃんから、聞きました。雨宮さんにとってはすごく大事なんだって。その、破いたりして悪かったです」

「ヒロさんがそんなこと言ったの？」

雨宮は苦笑し、馨に椅子をすすめた。

自分はベッドに腰かけ、封筒を見やった。

「妹がいるんだ。三つ下の、中学二年生」

「はい」

「だけど、学校には行ってない。通えないんだ、病気だから。生まれつき心臓の病気があって、三回も手術した。馨くんは病気したことある？」

「インフルエンザとかなら……」

「健康なのはいいことだよ。それでね、両親は妹のことで手一杯なんだ。とても俺の面倒まで見きれない。一昨年また手術することになって、ちょうど僕の受験と重なってね。この際だから、全寮制の学校に行くことにしたんだ。寮ではご飯が出るし、その他のいろんな生活のことも、お母さんは考えずにすむから」

それって、間引きってやつじゃないのか？　ちょっと違うか。馨は思ったが、口には出さなかった。雨宮は犠牲の悲壮感もなく、明るい顔で話しているが、その内心の寂しさ切なさが馨には想像がついた。

「でも、やっぱり寂しくてね。電話は寮のしか使えないから、手紙を書いてる。いっぱいいっぱい、手紙を書く。そしたらたまに返事がくる。ここにいる僕にはそれしかなくて、毎日毎日手紙が来るのを待ってた。友達なんて一人もいなかった。前はね。それが、朝倉さんに声をかけてもらって、嬉しくて……たまに朝倉さんと喋《しゃべ》るようになって、だんだんここが好きになって。朝倉さんとか三池さんとか本当にいい人たちで、だからヒロさんとも仲良くさせてもらってるんだ。馨くんは、それがちょっと厭……なんだよね？」

「……ていうか……」

その通りなので、馨は返答に困った。たしかに、広明と仲のいい上級生たちの中で、なぜか雨宮だけを毛嫌いしていたことは認めなければならない。同室の朝倉は気にならず、雨宮のほうに嫉妬《しっと》していた。学年が違うのに広明と一緒にいるのが気に入らなかったからだろうか。

いや、そうじゃない。馨には、雨宮がライバルに見えたのだ。おとなしそうな顔をして、その実広明を虎視眈々《こしたんたん》と狙っているのではないかと妄想した。

妄想——なのだろうか？

窺うように馨は雨宮の顔を見下ろしたが、いつものように善良そのものといった顔でいる。

加えてそんな事情を聞かされては、「お前はなんでか気に入らん」でもないだろう。

それに、今の話を聞いて、雨宮を少し見直すようになっていた。甘ったれの子どもなのだと思っていたのだ。そんな哀しみを背負ってここにきている人だとは、思っていなかった。

「ごめんなさい……俺、そんなこと全然知らなくて」

「べつに、言いふらしてるわけじゃないから知らなくて当然だよ。ヒロさんもそんな話してないみたいだったし」

「そうだよ、兄貴が悪いんじゃないか。はじめからちゃんと、雨宮さんにはこういう事情があってって」

「って聞いてたら、僕のこと気にならなかった？」

雨宮はちょっと揶揄《からか》うような表情になった。

「……や」

そんなことはなかっただろう。今、雨宮自身の口から聞いたからこそ、同情も共感もする気になっているのだ。

「ほんと、すいません……」

「もういいよ。焼いちゃったわけでもないんだし。それより馨くん、もっとお兄さんのことを判ってあげて。昔は仲のいい兄弟だったんだよね？　ヒロさんが時々話してくれる。ちっちゃくて、どこにでもついて来て、可愛かったたって」

「……はい」

それはまだ、なにも知らなかった頃の話だ。

馨は思ったが、反発は感じなかった。雨宮に対する嫌悪感が、嘘みたいに薄らいで、消えかかっている。

自分と同じ、雨宮もまた、家族の中で居場所をなくした者だからだろうか。病気の妹しか眼中にない両親を責めもせず、進んでこんな山奥に来た雨宮が感じている寂しさと空疎《くうそ》が、馨にはよく判る。

「急に大きくなって、びっくりしたって言ってたよ。ヒロさんにも、まだ判らないんだ。成長した君のことが。だから、昔みたいに、仲良くしてよ。あ、なんかお説教みたいになっちゃったね。そんなつもり、なかったんだけど」

「いや、俺こそ、本当にすいませんでした。でも、話が聞けて嬉しかったです」

「僕も、馨くんと話せてよかった。あ、なにか飲もうか。ホール行く？」

雨宮の提案に、はい、と頷きかけた時、ポケベルが鳴り出した。

「ああ——呼び出し？」

飛び上がった馨に、雨宮は気の毒そうな顔で言う。

しかも今回は、寮の中ではない。

「『天狗《てんぐ》の森の入り口、カラマツが四本植わっているところにある切り株の上』って、なんなんだよ！」

玄関を走り出ながら、馨は喚《わめ》いた。最後に「チョーソッコウ」と入っている。なにが超即行だ。まったく迷惑な奴。

それでも、久しぶりに呼ばれたことに、心のどこかで安堵《あんど》している自分がいることを意識せずにはいられない。

なんだっていうんだよ。そんな自分がうっとうしい。浮かんだ、鷹司の顔に思いっきりのあかんべえをくれ、馨は走った。

「天狗の森」というのは、裏手にある森のことだ。とぼけたネーミングだが、れっきとした地名である。

その、鬱蒼《うっそう》とした森に近づきながら、目で目印のカラマツを探した。といっても、カラマツがどんな松なのか、馨は全然知らないのだが。

それでも「入り口のところ」という部分を頼りに、四本並んだ木を探す。入り口というからにはこの道の先にあるのだろう……あ、見えて来た。

松の大木の下、切り株の上に鷹司が坐っていた。馨を見ると、手を上げる。

「八分五十七秒。わりと健闘《けんとう》」

って、人をおもちゃにするのもいいかげんにしろ！

馨は、口をへの字に曲げて鷹司を見た。

「なんだよ」

そして言う。

「こんなところまで呼び出して、なんのつもりだ」

「反省室の居心地はどうだった？」

「……」

馨はますますふくれた。

鷹司は愉しそうに、

「谷中にぶたれたんだってね。さすが武勇伝の持ち主は違うな」

「……俺が悪ぃんだよ」

茶化すような響きに、馨はむっとして言い返した。

「それに、兄貴だって一緒に反省室送りだったんだし。どっちにしても、あんたにはべつに関係ねえだろ。寮内で起きたことを裁くのは、生徒会じゃなくて寮長だ。三池さんに権限があるんだ」

「はいはい、三池さん、三池さん、三池さん。三池は偉いよ。三池の言うことにならなんでも従いたいんだよね、君たちは」

鷹司はちょっとむくれたように言う。

そういえば、こいつと気まずくなった原因が、その三池がらみだった。馨は思い出す。中間テストのことで、三池を頼ったことが鷹司のカンに触ったのだった。自分ではなく三池に頼られたことにむっとして——。

あれ、今なんか過《よ》ぎらなかったか？　大切ななにかが。

思い出そうとしたが、だめだった。馨は頭を振り、鷹司に視線を据《す》えた。

「たしかに三池のジャッジは、いつも公正だ。生徒会がわざわざ意見することもない。ただ静かに見ているだけだよ」

「そう？　貴道なんか意見したくてうずうずしてんじゃないのか？」

鷹司は苦笑した。

「入学二ヶ月で、生徒会長のことをよく理解してるね」

「無難に生きていかなきゃなんないからね」

馨の返答に、今度は大笑いした。

呵呵大笑《かかたいしょう》する鷹司を、馨は複雑な気分で見守る。とりあえずもう、しこりは残っていないみたいだ。鷹司は怒ってはいない。前と同じように、これからも呼ばれるのだろうし、ぶつくさ言いつつも従う自分の近い将来の姿さえ想像できる。

「雨宮がそんなに気に入らないの？」

笑い止《や》むと、鷹司は言った。

「気に入らないっつうか……」

「谷中と特別に仲良くしてるから？」

どきりとした。謦は窺《うかが》うように鷹司を見た。気づいてた？　どこまで？

早くなる鼓動を抑え、

「そんなんじゃねえよ。謝ったし、もう友達だし」

言うと、「友達ねえ」と鷹司は繰り返した。

「君は、谷中のことが好きなんだと思ってた」

ふいに核心を衝《つ》かれ、謦は一瞬凍りつく。……気づいていた。かなり深いところまで。

「ど、どういう意味だよ」

なお虚勢を張る。

「そういう意味。お兄さんとしてじゃなく、谷中を好きなんだろう」

「――まさか」

笑おうとしたが、頬が強張《こわば》る。

「違うの？」

問われて、

「違うに決まってんだろ」

必要以上に勁《つよ》く否定した。

なんでばれてんだろう。それが気になる。俺そんなあからさまだった？　こいつの観察眼が優れすぎている？

でもどのみち、そんな思いはもう過去のものだ。

それは目の前にいる男が、なんらかの作用により遠くに追いやってしまったから……？

って、そんなんありえないぞ！　俺は自力で立ち直ったんだ。

「なんで俺が兄貴にそんな……だいたい、俺は男だぜ？　なんで男に惚れなくちゃいけないんだ」

「？」

鷹司は何か発見したような顔になった。

だがすぐに、

「そうか。俺の思い過ごしか。ただの、ブラコンの酷いのだったたか」

揶揄うような目つきになる。

「悪かったな」

「否定はしないと」

「めんどくせえんだよ、あんたの妄想にいちいちつきあっていられるか」

「妄想だったのか」

「当たり前だろ！」

馨はそこで、当初の疑問点に立ち返った。

「で、なんだよ。反省室の感想を聞くためにこんなところまで呼び出したっていうのか」

「違うよ。森を見せてあげようと思ってね。ここに入ったことはまだないんだろう？」

「……あんたのものなのかよ、この森」

「心が荒《すさ》んでるんじゃないかと思ったから。自然に触れれば、いくらか気がおさまるだろうって」

鷹司の穏やかな笑顔に、馨ははっとなった。

そして、そんな自分に動揺する。なんだ、この感じ。

さっきといい今といい、俺こいつを意識しすぎ。兄貴が手に入らないと知って、鞍替《くらが》えしたみたいじゃんか。

そんなのは……かっこ悪い。

「なんで天狗の森かっていうとね、この先に小さな広場があって、そこにカラス天狗が祀《まつ》られてるからなんだ」

「……。変わったミッションスクールだな」

「行ってみる？　中に」

「い、行ってもいいけど？　あんたがどうしてもって言うんなら」

声が上ずった。気遣ってくれたと判って、なお鷹司に張る意地はない。

「じゃあ、ぜひおいで下さい」

立ち上がり、手招きする鷹司について、馨は森に足を踏み入れた。

新緑の季節で、木々は鮮やかに輝いていた。青々とした葉が空を隠し、薄昏《うすぐら》い。

そして静かだった。二つの足音が織りなすリズムが、森を支配していた。木々の間の、吸い込まれてしまいそうな闇。森はまた、危険でもある。ふらふらと迷い込んだ人間を引き込み、食らおうとするかのように深い。

「あんまり中まで行くと、迷っちゃうからね」

鷹司が振り返って言った。

その言葉を合図にしたように、道の先が開けた。そこがくだんの広場なのだろう。四方に石の塔があり、その上にカラス天狗の石像が乗っている。

「へえ。カッコいいじゃん」

思わず口に出して言った。

鷹司が噴き出した。

「『カッコいい』、そうか、馨はカッコいいと思うんだな」

「なんか悪いかよ。莫迦《ばか》にしてんのか」

少なからず心を傷つけられ、馨はむっとした。

「してないしてない。ただ、カラス天狗をカッコいいなんて言う奴、初めて見たなあと思って」

「どうせ珍獣だろうよ」

「そうつんつんしないで。俺は。好きだけどな、馨のそういうところ」

好きという言葉に、心臓が反応した。どくん、とひとつ打った鼓動を感じながら、馨は、

「そういうところって、どういうところだよ」

むくれてみせた。

「素直なところ。繊細《せんさい》なところ。優しいところ」

「そんなの俺じゃねえよ」

へそ曲がりで頑固で生意気となら、何度も言われたことがあるが、今鷹司が言ったのは、どれも初めて耳にする自分の属性だった。

「そう？」

「あんた、俺になにを夢見てんのか知らないけど、あんたは俺のことなんて全然判ってねえからな。素直で繊細で優しい？　どれもハズレ。でもそう言われたら俺が喜ぶと思ったんだろ？　全然嬉しくないから」

鷹司は目を細めて、言い募《つの》る馨を見つめている。おい、なんでそんな目で俺を見るんだ。なにが言いたい。どうしたいんだよ、いったい。

「そうか」

置かれた間が、そろそろ気になり出した頃、

「それでも」

鷹司は言った。

「俺は馨が好きだな」

「！」

「馨と一緒にいると、優しい気持ちになる。優しくしたり、護《まも》ったりしたくなる。そしていつも幸せを感じるんだ。なら、それは恋ってことだろう？　俺は馨に恋をしているんだ。馨が好きだ。俺のものにしたい」

あまりにストレートすぎて、却ってリアリティに欠ける告白だった。

それは、「好きだ」とは言われたけど……「ヘンな意味はない」って言ったのは、あれは嘘だったのか？

思ってもみなかった言葉に、馨は返す言葉がない。言葉も出ず、ただ左胸だけがどきどきどきと、痛いほど脈打っていた。

「――んな、こと……」

ようやっと声が出た。まだ言葉にならないそれを、鷹司は聞かないまま腕を伸ばし、馨の身体を引き寄せた。

「ちょ……っ」

抱き竦められて、心臓がいっそう跳ねる。なんだこれ、なんだこれは？　俺に恋してるってどういうこと？

とりとめもなく乱れる思考に、我に返る暇もない。そのまま降りてきた唇が、鬠のそれを塞《ふさ》いだ。

キス――。

最初に奪われた時のことが鮮明に蘇《よみがえ》る。あの驚き、あの恥ずかしさ、あの悔しさ――。

「……！」

唇に嚙みつくと、鷹司はさすがに鬠を放した。しかしなお、顔は至近距離にあり、きれいな顔だなあ、とマヌケなことを考え、はっとする。

見とれてる場合か。

「はっ、放せよ！」

腕の中でもがくと、少しだけ拘束が緩《ゆる》まった。

「な、なにすんだよっ！」

「ん、キス」

「……。なんでキスなんかすんだよ」

「好きだから。言っただろう？」

だから、どういう意味で好きなんだよ？　どう受け取れっていうわけ？　問い詰めたい。むしろこいつと話し合いたい。お互いに納得が行くまで、腹を割って。

しかし、なにを言ったって無駄なような気がした。鷹司が本気で言っているのか、まだ疑っている。揶揄われただけだと知ったりしたら、自分が傷つくから。

傷つきたくない。

ということは、俺はこの男が本気だということを希望しているのか？

しかし、なんのために？

判っているようで、しかしその答えを導き出すのは厭だった。馨は溢れ出す思考を頭の隅に押しやった。

「返事は？」

黙っていると、急かすように腰に回した手で馨を揺すぶってくる。

「ノ、ノー！　ノーだよ、決まってんだろ」

馨はなんとか、鷹司の腕から逃れた。ぎりりと睨みつけると、鷹司は肩を竦めた。

「ふられたか。短い恋だった」

即行で立ち直ってるじゃねえか！

「今度、こんなふざけたまねしたら、あんたの言うことなんかもう聞かないからな。生徒会で、どうにでも処分すればいいだろ」

ぷりぷりしながら、馨は踵を返した。すたすた歩いて行く背中を、

「そっちじゃないよ」

失恋したての明るい声が追ってくる。

「迷ったら困るから、一緒に帰ろう」

鷹司は馨の手をとった。

「触んなよっ」

「ああ、ごめんごめん」

と言いながらちっとも反省の色がない。

しかし、一人で迷って衰弱死《すいじゃくし》するわけには行かない。森は深そうだし、案内人はこいつだけだ。雑草を踏みながら、馨は鷹司について森を歩きはじめた。

鷹司は奇妙なほど無言だ。だから馨も話しかけない。

口は開かなくても、頭の中ではいろいろな言葉がひしめいている。さっきの鷹司の告白が一番上にある。どうしたって胸が騒ぐ。そんな自分に苛々した。

結局ずっと黙ったまま、寮の門までくると、

「じゃあ、お疲れさま」

鷹司は口許に笑みを浮かべて馨を見た。

まるであんな出来事など、なかったみたいだった。

「カオちゃんー。どこ行っちゃったかと思ったよ」

昼前に部屋に戻ると、久和はおらず、代わりに奈々村がいた。

飛びつくようにして、馨を迎える。

「久和は？」

「視聴覚室」

「しちょうかくしつ？」

「パソコン。きゅーちゃんはすごいんだよ。人のパソコンの中身を覗いたり、嘘の情報流したりできるんだ」

……それは違法行為なのではないだろうか。

「あ、でもほんとにそんなことしてるわけじゃないから」

よほど剣呑《けんのん》な顔つきになっていたのか、奈々村は周章《あわ》てたように、

「朝ご飯は食べた？　お腹すいてない？」

そういえば謹慎明けだったのだった。広明と一緒に朝食をとったことが、なんだかずいぶん遠い過去のことに思える。

あんなことがあったから——。

それを呼び水に、君が好きだ——君に恋してる……鷹司の唇の感触まで、全部一緒に思い出す。顔がかっと熱くなった。

「腹は減ってないけど、眠い」

胡麻化《ごまか》すように俯《うつむ》き、馨は口を手で押さえた。

「あぁー、反省室って寒くてベッドも硬いっていうよね」

「寒いし、ベッドは硬くて冷たいし、よく眠れなかった」

「うん。寝たほうがいいよ。あ、でももうじき昼ご飯だけど」

食いっぱぐれたくはないので、我慢することにした。馨は、床に坐った。

「なあ。厭なんだけど、ないとなんとなく寂しいっていうの、どういうことだ？」

言ってから、ちょっと後悔した。

「ごめん。わけ判らなさすぎだよな」

「寂しいって、なにが寂しいの？」

だが奈々村は真顔で問うてくる。

「なにがって」

「状況のことなのか、人に対してなのか」

「――人のほう」

「厭な人なんだ」

「すごく。でも、いないとなんとなく……」

「寂しいのかー。一緒にいる時は、どう？」

「どうって」

「愉しいとかつまらないとか」

改めて考えてみた。鷹司といて感じること……あのむかつくポーカーフェイスを見ると、自動的に、

「逆らいたくなる」

そういうことだ。

「なんで？」

「だって、莫迦にされてるみたいだし、弄《もてあそ》ばれてるような気がするし、なんか靴の上から足掻《か》いてるような感じ。むず痒《がゆ》いっていうか、苛々する、自分に」

「でも、いないと寂しいんだよね？」

「寂しいっつうか、ないとなんか変な感じ」

「一緒にいる時は？　愉しいの？」

「愉しいっつうか……まあ、つまらなくはないけど……」

どうなんだろう。考え出すとまとまらず、結論が出ない。

鷹司といる時の自分。苛々して、むきになって、また揶揄われて、でもそれがどこか心地よくて——。

「愉しい、かもしれない」

一番近い答えを出した。

「厭なんだけど、一緒にいると自分に苛立つんだけど、その人といるのは愉しい……なんだろうね」

「好きってことだろ」

突然、第三者が割り込んだ。

久和は部屋に入ってくると、ベッドに腰かけた奈々村と床の上の馨を交互に見る。

「へ？」

「一緒にいて愉しいんなら、そいつのことが好きなんだろうよ」

「でもきゅーちゃん、カオちゃんは、厭だって」

「そう思ってるだけで、本当は厭じゃなんかない。ただ、それを認めたくないだけで」

久和は意外に人の心の機微《きび》を判っているようだ。認めたくないだけ、と言われどきっとする。

「好きなのが厭なの？　俺、きゅーちゃん好きだし、一緒にいて愉しいよ」

すると久和は、俄《にわ》かに動揺した態《てい》で、

「ばっ、莫迦。なに言ってんだよ」

顔の前で手を振った。

「だって本当だし……カオちゃん、どう？　きゅーちゃんの言うの、当たってる？」

馨は返事に詰まった。

好きだから？

あの鷹司のことが、自分は「好き」なのか？

「べつに変な意味じゃない。仲間とか家族とか、普通に好きだろ」

「でも、俺、友達といて苛々はしないけどなあ」

奈々村のあさってなほうを向いた言葉が、実は核心をついている。

友達とか、家族とかに対する「好き」ではないのだ。もっと違う種類の感情だから、自分でももてあまし、苛つく。

そんな気持ちには、見憶えがある——。

「誰かを好きになったことがないからだろ、ユカは」

「ええ、だって俺、みんな好きだけどなあ」

稚《おさな》いのか鈍いからか、おそらくその両方なのだろうが、奈々村は久和を困らせている。

好き……俺が、あいつを？

馨は、なおも考え続けた。

冗談じゃない。そんなわけない。少なくとも昨日までは心にあったのは兄の面影《おもかげ》だったはずだ。今まで気づかなかったが、俺はそんなに変わり身が早い奴なのか。戦国時代に生まれていたら、けっこう出世したかもしれない。

いやそんなことはどうでもいい。俺はそんな奴じゃないし、しかもあんな、厭味でひとを小莫迦にしたような奴。

――好きだと、言った……。

罠《わな》だ。ひっかけて、転んだ自分を見て嗤《わら》いたいだけなのだ。

でも、あいつってそんな奴だろうか。意味もないまま、必死で悪いほうに考えようとしていることに馨は気づいた。なんでそんなこと、しなきゃならない？

「あーほら、カオちゃん固まってるよ。きゅーちゃん、変なこと言っちゃだめだよ」

奈々村の、責めるような声。

「べつに変じゃないだろ、人が人を好きだってだけだ」

「そうなんだけど、きゅーちゃんが言うと、なんかいやらしく聞こえるんだよ」

「お、俺のどこがいやらしいんだよ」

そうか。

二人の会話で、気づいた。

いやらしいから厭なんだ。馨は、鷹司への思いを否定しようとする自分をそう理由づけした。

鷹司は、いやらしい。

キスとかしてくるし……。

だが、それと同じようなことを、約一ヶ月前に広明に対してしようとした自分は、いやらしくないのか。少なくとも、生まれて十三年間は兄として接していた相手を、血が繋《つな》がっていないのをいいことに、性愛の対象にした俺は、どうなんだよ？

考えたって、答えなんか出なかった。

結論。

自分が思うことは、自分の頭の中にあることなのだから、いやらしいもいやらしくないもない。思って当たり前だ。

逃げにしかならない答えをなんとか出して、馨は湧き起こる不安を処理した。


久和と二人で――奈々村は、厨房《ちゅうぼう》で職員たちと食べるのだ――昼食をとり、馨はそのままなんとなくホールに向かった。

休日ですることもないし、だからといって外出する気にもなれない。

ホールに行けば、誰かしらがいて、喋ったり笑ったりしているだろう。仲間にでも入れてもらって暇をつぶそう。生来物怖《ものお》じしない馨は、上級生たちとでも気安く話すことができる。

だがホールの前で、馨は足を止めた。

あ……。

広明と雨宮が連れ立って、階段を下りてくる。

馨に気づくと、広明は笑顔になった。

再会してからこっち、ずっとそうだったように、困ったような笑顔とは違う。馨の好きな、おおらかで優しい顔だ。

そんな兄を、じっと見つめる。

視線を巡らせると、後ろにいる雨宮と目が合った。

雨宮もにこっと笑いかけてくる。

含むところもなにもない、純真な笑顔だと、今では馨には判っている。

「おう」

馨は可能な限り元気よく、二人に声をかけた。

「外、行くの？」

「いや、ホールでお茶でも飲むかって。カオルちゃんもくる？」

「えっ」

「おいでよ馨くん」

雨宮が口添えする。

馨は目を瞬《しばた》かせた。視界に映っている、二つの顔。親しい、あるいはこれから親しくなる相手。

「ご一緒させて頂きます」

兄ではなく、雨宮に言った。

休日のホールは賑《にぎ》わっていた。テーブルを確保し、雨宮が飲み物を買ってくると言った。

「あ、俺行きます」

馨は雨宮を制止した。

「いいよ、すぐそこだし」

「こういうことは、下のモンがやることっすから」

パシリには馴れている。

フットワークも軽やかに、馨は外の自動販売機で缶コーヒーを三本買った。

ホールに戻ると、広明と雨宮が向かい合って坐っている。

「……」

馨は、しばしその場に佇《たたず》み、その光景を眺めた。

こんな場面を見たら、逆上して暴れ出しかねない自分が、静かに彼らを見守っている。

微かにまだ胸は痛むけど……広明に向かった、ぎらついた感情は薄れ、心は凪《な》いでいた。

絶対になくならないと思っていた気持ちが、嘘のように消えうせている。

俺、変わった……？

広明は兄で、自分は弟。

今は自然にそう思える。

弟は兄を敬愛し尊重するが、決してそれ以上を兄には求めない。

変わったとすれば、それはきっと……自然に浮かんだ面影に、自分ながら焦る。他の誰かが

——そいつが、心の中に入り込んできたからなのか？

違うよそんなんじゃねえ、莫迦らしい。

とりあえず自分にそう言い聞かせた。

それからはまた、元のように鷹司にこき使われる日々に戻るのかと思っていたが、ほどなくして千秋楽が訪れる。

翌日曜日、久和たちと出かけようとしている時、ベルが鳴った。

「あー……」

久和と奈々村が顔を見合わせたかと思うと、二人そろって気の毒そうに馨を見た。

『へや、すぐきて』

「ごめん俺、ちょっと急用が」

急用もくそもない。馨が鷹司の奴隷《どれい》であることは、今ではほぼ全校生が知っている。

「うん。じゃ、また今度一緒に外行こうね」

労《いた》わるような奈々村の言葉が、気恥ずかしいというか、いたたまれない。

渡り廊下を走り、ラファエル寮に向かう。

鷹司は、いつになく真面目な顔つきで、馨を出迎えた。

「坐って」

ベッドを示され、腰を下ろす。なにかがおかしい。妙に空気が硬い。

鷹司の顔を盗むように見ると、真顔のまま、

「考えたんだけど」

と言った。

「そろそろ、罰則《ばっそく》を解いたほうがいいかなって」

一瞬、なにを言われたのか判らなかった。

科白《セリフ》が頭を一周し、後《おく》れて意味がついてくる。

え？

それはつまり――。

「いつまでも俺のパシリにしておくのも気の毒だ。もとはといえば、たかがスリッパだからね」

耳の奥がごうごう鳴った。心臓が早鐘のように脈打ち始める。つまり、それはもう用済みだってこと？　こんなふうに予定を変更してまで部屋に駆けつけることもなくなるのか。

喜ばしい事態であるのに、一瞬胸が毀《こわ》れそうに感じた。鋭い痛みが、心臓を貫《つらぬ》いた。

ややあって、ここは喜んでみせなければならない場面だと思い直す。

「ふ、ふーん。そりゃありがたい話だ」

言うと、鷹司は整った面《おもて》をちょっと歪めた。

「なんだ、がっかりだなあ。もう少し寂しそうにされるかと思ったんだけど」

どんな局面であっても、鷹司は鷹司である。動揺を見透かしたような発言が、馨の負けん気に火をつけた。

「誰が寂しがるんだよ。んなわけ、ねえだろ。ありがたい話だよ。この一ヶ月半、あんたには散々こき使われたからな。いつ呼び出しがくるかって、おちおち風呂にも入れない。プライベートなんかないに等しかったんだからな」

「そうか」

「や、やっと安眠できるぜ。もうあんたのそのしたり顔も見ることなくなるのかと思ったら、逆立ちしたくなるほど嬉しいよ」

「……そう」

馨がむきになればなるほど、鷹司は沈み込んでゆく――ように見える。森の中で告げられた彼の思いは、すると本当だったのだろうか。後悔するが、なんで後悔しているのだかは、知りたくない。認めたくない。なんだか、わざわざ裏目裏目を出しているみたいな気分だ。

「俺はけっこう、愉しかったんだけどな」

とどめは、これだ。

鷹司は、まっすぐな目で馨を見た。

「一緒にいて本当に愉しかった……できれば、おしおきなんかじゃなく馨を呼んで、話したり笑ったりしたかった」

「そ……」

なにも言えなくなる。なにが言える？　この状況で。

いっぽうで、狡《ずる》いと責める声がある。自分だけそんな本音を吐いて、本心を晒《さら》して、鷹司は狡い。まるで俺が嘘をついてるみたいに感じるじゃんか――。

嘘。はっとした。なんで嘘ついたって思うわけ？　罰ゲームが終わって、横暴な君主から解放されて、すっきりしたっていう俺の気持ちは、嘘なのか？

嘘ではないが正しくはなかった。馨は言葉を喪《うしな》った。取り戻せるなら、さっきの放言を回収したい。

けれど、言葉は回収できないから「言葉を選ぶ」という表現があるのだ。もう遅い。鷹司は、悟りきったような顔でいる。

と、手を差し出した。

「？」

「ベル」

「え」

「ポケベル。もう必要ないんだから、返して」

馨はポケットに手を入れた。固い感触をたしかめるように、ぎゅっと摑む。

一度勁く握った後、鷹司の手のひらの上に乗せた。

「じゃあ終了」

鷹司は、なにかを振り切ったような明るい声で言う。

「これで君は、晴れて自由の身だ。ポケベル奴隷の身分も今日で返上。嬉しい？」

「う、嬉しいさ。ほんとすっきりした」

本音を隠すために、さらなる嘘を積み上げた。


もう判っている。自分の気持ち。勁がりやポーズの下に隠されている本心。

鷹司が好きなのだ。

飄々《ひょうひょう》としていて横暴で、いつも人を莫迦にしたような態度をとる、あの狡猾《こうかつ》な男に、どうしようもなく惹《ひ》かれている。いつからなんて判らない。どうしてかなんてもっと判らない。気づいたらこんな気持ちが心にあったのだ。

隅のほうに放り出されていた……今では真ん中にある、その思いが。

だが、だからといって自分になにができるだろう。どうしたらいい？　今から引き返して、ごめんなさいと言えばいいのか。本当は、ずっとあなたが好きでしたなどと言ってみたら、安直なハッピーエンドが得られるのか。

できない。

部屋に引き返して行きながら、馨はしんしんとした後悔の痛みを胸に感じていた。

そんなことできない。そんな恥ずかしいこと——屈辱的《くつじょくてき》な行為、なけなしのプライドまで譲《ゆず》り渡すようなまねなどできるものか。

そんな自分を莫迦だと思う。これが鷹司以外の誰かが相手なら、そうできたかも知れない。鷹司だから、あの男だからできない。つまらない意地だ。判っている。自分を二ヶ月も奴隷扱《あつか》いした男だからというその一点が、馨を頑《かたく》なにする。莫迦にされた相手に、好きだなんて言えない。

気持ちは同じなのに。ちょっと我慢すれば、今度こそ恋が手に入るのに。

このままだと、どうなるんだろう。二人のこれから。

特に接点もなにもない先輩後輩として、鷹司が卒業するまでの十ヶ月をやり過ごすのか。

そう、鷹司は来年には卒業する。山を降り、新しい生活をはじめ、僻地《へきち》の母校のことなど、しばらく思い出すこともないだろう。

ひとときのあいだ、気まぐれを向けた二歳下の男のことなんて、塵《ちり》となって日常に散逸《さんいつ》するだろう。

たまらなかった。そんなんで喪うものなのか？　簡単に手放していいのか？　誰かを好きになるということ。このまま、あきらめるのか？

どうしていいのか、判らなかった。

7

六月に入った。そろそろ梅雨《つゆ》だ。重たい風が、雨を降らせる雲を運んでくる季節。

制服も夏服になり、半袖《はんそで》から伸びた腕が涼しい。

季節が変わっても、気持ちは変わらなかった。馨《かおる》はなお深い後悔の中にいた。

「カオちゃん、どうかしたの？」

ベランダで、外を眺めていると、奈々村《ななむら》が教室から出てきた。休み時間。久和《くわ》の姿がその後ろからぬっと現れる。

「どうかしたって？」

「なんか最近、クラいよ？　ため息ばかりついてる。ねえ、きゅーちゃん」

同意を求められた久和は、

「陰気だな」

ずばりと斬って棄《す》てた。

「なんか悩んでんの？」

「べつに――」

「あ、家が恋しいとか」

「ありえないから」

鷹司《たかつかさ》に呼び出されなくなって、ラファエル寮のあの階段を上がることがなくなって、ホールにも行かなくなった。食事と風呂以外、ラファエル寮に足を踏み入れることもない。

そんな日々が続いている。恋をなくしたって、地球は回るし腹はすく。

そして、いつになったら吹っ切れるかも判らない思いの中に身を置いているのだった。

「でも、夏休みには帰るんだよね？」

「まあね」

「俺も、きゅーちゃんちに里帰り」

答えながら、心は別のことを考えていた。鷹司もまた、継母《ままはは》と小さい弟たちのいる家に帰ってゆくのだろうか。

――だめだな。

内心、苦笑した。なにを聞いても見ても、すぐにその名前に結びつけてしまう。

浮かんだ、鷹司の面影《おもかげ》を振り切るように、馨は頭を振った。

「あ、今度の土曜日、銭湯に行かない？　面白い銭湯があるんだって」

そこには、既に行った。

鷹司と一緒に……なんで忘れようとするそばから思い出すのか、自分の心のシステムを制御《せいぎょ》できない磬である。

「おい」

黙っていると、久和が言った。

「ユカが誘ってるんだぞ」

「あ？　ああ。いいね、スーパーセントーね。あそこは面白い」

「え、カオちゃん行ったことあんの？」

「前に、鷹司さんとね」

その名を口に出すだけで、胸が冷やりとした。

「あー、鷹司さん。鷹司さんといえば、呼び出しなくなってよかったわね」

「まあね」

「まあねって顔じゃないけどな」

久和。よけいなことを。

「あれ、じゃあ、カオちゃん落ち込んでんのは、鷹司さんのせい？」

「ちっ違うよ、なに言ってんだ」

そのくせ、指摘されるとむきになってしまう。

「あんな奴《やつ》。解放されてばんざいだよ」

目の前にいるわけでもないのに、存在を否定する。そうでもしなければ、やりきれない。

「そうだよねえ……」

奈々村は素直だ。なんでも額面通りに受け取る。

こういう性格だったら、よかったのかなあ……思い、それは奈々村に対して失礼だと自責した。奈々村は奈々村の人生において、いろんなことを経験しながら今ある姿を作ってきたのだろう。出自や境遇が人格形成上に大きく影響することは、自分を顧《かえり》みればよく判る。

こんなに曲がって育ってこなきゃ、悩むことなんかなかったかもしれないな。

どこか他人事《ひとごと》のように思い、内心深くため息をついた。


そんなふうに、心落ち着かないまま何日かを過ごした。呼び出されなくなった放課後を、馨はこうして持て余す。

今ははっきり、寂しいと思える。

鷹司と会えなくなって、寂しい。

鷹司は自分を好きだという。ライクっていう意味ではなく、恋愛感情だと念を押した。なら、あとはこちらから動けばいいだけだ。自分も同じ気持ちだと、その胸に飛び込んで行けばいい。

って、できるかよそんなこと。

やはり最後に辿《たど》り着くのは、そんな意固地な自分の心だった。

それにしても、手持ち無沙汰《ぶさた》だ。

部屋で漫画本を手にしたものの、何頁《ページ》も読まずに放り出した。ベッドに仰向《あおむ》けになる。少し開いた窓から、聞き憶えのある声を風が運んだ――気がした。

馨は起き上がり、窓辺に近寄った。

どきりとした。ファサードのところに、鷹司が立っている。なにごとか話しかける、その相手は――。

「ユカ……？」

呟き、まさかと目を凝《こ》らした。

「いいんですかー」、奈々村の弾む声をたしかに聞いた。

自動的に立ち上がっていた。

馨は階段を下り、小走りに玄関に向かった。心臓が烈《はげ》しく脈打っている。なに、それ？なんだよ、それ？　どういうこと――？

「あ、カオちゃん」

乱暴に開けたドアから現れた馨に、奈々村は嬉しそうに応えた。

その手の中にあるものを見て、馨は目を瞠《みは》った。

ポケベル――。

数週間前まで自分と鷹司をつないでいたそれを、奈々村が手にしている。

一瞬、頭が真っ白になった。

「カオちゃん？」

次いで、怒りがこみ上げてきた。誰に、そして何に対する怒りなのか、自分でもよく判らないが、滾《たぎ》るような感情が馨の内側で渦巻いていた。

キッと鷹司を睨みつける。やや驚いたような表情ではいるものの、いつもの飄然《ひょうぜん》として人を躱《かわ》してゆくような物腰には変わりがない。

だから、馨は焦《じ》れた。

あるいは、もっと動揺を見せてくれれば、そんなことを言わずにすんだかもしれない。

「――そういうことか」

自分でもぞっとするほど低い声が出た。

「俺の次はユカ……奈々村をこれからはパシリにするわけだ？」

「は？」

鷹司が本気で驚いた顔になる。

が、馨にはその顔がいつものしたり顔に見えた。まあまあ、とヒートアップした馨を宥《なだ》める時の鷹司の表情。

「違うよー、カオちゃん。俺らは——」

「そうやって、次から次へと下級生とっかえひっかえするんだ？　気まぐれで——飽きたらポイ。あんたのことが、よく判った」

鷹司はむっとした顔になった。

「マサさん」

奈々村が心配そうに呼ぶ。

「マサさん」、そんなふうに、親しげに呼ぶのか。

「君には関係ないことだ」

鷹司は、そして、冷たい顔で言い渡した。

かっとなって、馨は腕を振り上げかかった。どうにか自分を抑え、二人の脇を通り過ぎた。

「違うよー、カオちゃん、誤解だよー」

奈々村の声が追いかけてくるが、馨はそのまま、脱兎《だっと》のごとく校門を飛び出した。

裏切られた——裏切りだ——裏切りやがった。

俺を好き、だと言ったくせに。

坂道を小走りに駆けながら、そんな呪詛《じゅそ》をエンドレスで繰り返す頭の中は憤怒《ふんぬ》で真っ赤だ。

だが、麓《ふもと》に着いてぽつぽつ店の並ぶ辺りまでくる頃には、そんな怒りも冷めてくる。

金物屋の店先に出された茣蓙《ござ》敷《じ》きのベンチに、なんとなく腰を下ろす。

落ち着いて考え直すと、自分のとった行動に疑問が出てきた。

疑問というか――。

恥ずかしい。

頭に血が上るまま、鷹司を詰《なじ》ったが、鷹司からすれば責められるようなことではない。

馨との主従関係は切れたのだし、その後鷹司が誰を選ぼうが本人の勝手だ。誰になにをさせようが、それこそ「君には関係ない」。

一人で熱くなって、暴走して。

後悔していた。いつも自分はそうだ。すぐにかっとなって、我を忘れてしまう。冷めるのも早いので、今までは大したトラブルにもならなかったのだが、今回ばかりは、これはダメだろう。

嫉妬《しっと》丸出しにして、くってかかって、莫迦《ばか》だ。嫉妬。そうだ嫉妬したのだ。自分ではない誰かが鷹司に選ばれたことに。醜《みにく》い自分。情けない。

その上、あんなこと言ったら、俺の気持ちバレバレじゃんか。そう思い当たって、ふるっと身体が震えた。誰がどう見ても痴話喧嘩《ちわげんか》――しかも一方的な――だ。ほんと恥ずかしいよ。

言葉は回収できない。そのことを、またもや噛みしめなければならない馨だった。なんでこう、学習しないいんだよお前という男は。

どんな顔で戻ればいいのか……一生ラファエル寮には行かない。食事は部屋に運んでもらう。

そんな、姑息《こそく》な方策が浮かんだが、もちろん叶《かな》うはずもない。

「カオルちゃん」

うなだれている馨を呼ぶ声があった。

目を瞠《みは》る馨に、照れたように笑った。

「兄ちゃん……」

なんで？　と問うと、

「鷹司に聞いた。なんか怒って、飛び出していったって」

「なんか……」

何に怒ったのか知ったら、兄はどう思うだろうか。

「カオルちゃん、鷹司のことが好きなんだよね」

広明《ひろあき》は、隣に腰を下ろしながら言った。

「っ、俺は――」

「鷹司がナナちゃんにポケベル渡したから、カオルちゃんショックだったんだよね」

「……鷹司がそう言ったのか？」

見透かされている。それはそれで悔しい。

「いや。俺の推測。ナナちゃんポケベル持ってたし」

「あいつは、鷹司の用事なんか請《う》けられないぜ。寮の仕事がある」

「そういう意味で渡したんじゃないってば」

広明は苦笑した。

「じゃ、なんだよ」

「それは、本人に訊《き》いて。どのみち、謝らないわけにはいかないんだから。生徒会副会長に暴言吐《は》いて無断外出。久和くんは罰則なんて言わないだろうけど、貴道《きどう》ちゃんが聞きつけたら、また面倒なことになるよ？」

「判ってるよ」

そして自分が誤解していたことも判った。いや、本当は鷹司を詰《なじ》ったあの時に、もう判っていたのかもしれない。怒ってみせて、周章《あわ》てて申し開きをする鷹司を見物したいという気持ちがどこかにあったのだ。試したのだ、鷹司を。本当に自分のことが好きなのか試したかった。

そうしたら、

「君には関係ない」

その一言で片付けられ、引っ込みがつかないまま暴走してしまっただけなのかもしれない。

「鷹司はいい奴だし、カオルちゃんのこと好きだから、そう悪いことにはならないと思うよ」

広明は、励《はげ》ますように言う。

その顔を、馨は横目でじりっと睨んだ。

「兄ちゃん、ほっとしてる？」

「え？」

「俺が鷹司を好きになって、自分をあきらめてくれたから、肩の荷下りた？」

ああ、なんて俺は厭《いや》な奴なんだろうと思う。こんなふうに人の気持ちを探るなんてこと、昔の自分なら決してしなかった。喧嘩《けんか》っ早くて莫迦だったたが、人を試すようなことはしなかったつもりだ。

潔くなろう。馨は広明を見つめた。

「俺、兄ちゃんのことが好きだったんだぜ？　ずっと」

広明は、ばつの悪そうな顔になった。

「うん」

「気づいてたんだろ」

「……うん」

「やっぱな。だからこんな辺鄙《へんぴ》なところに逃げたんだ」

「だ、だってカオルちゃん怖いし……弟は大切にしたいから」

筋の通らない言い訳に、馨はしかし怒る気も失せている。

「俺だって、ガチでやりあって落とされたくないよ」

抵抗された時のことを思い出した。

「俺だって、かなりショックだったんだよ？　カオルちゃんがうちの子じゃないって知った時」

「……そう」

「ずっと弟だと信じてたし、っていうかそんな信じるとか信じないとかいう以前の問題だろ。物心つく前から一緒にいたんだから」

広明の気持ちもなんとなく判る。ショックを受けたのは、なにも自分ばかりではないということを、馨はこの時初めて意識した。

そして、そんな自分が厭になる。どんだけジコチューなんだよ俺。

勝手にグレて、広明を怨《うら》んで。

世を拗《す》ねて生きていたって、愉《たの》しいことなんかないし、何も変わらない。

鷹司が教えてくれた。いじけていてもどうしようもないと。その鷹司自身、人には言えない家庭の事情を抱えている。寂しいのは自分だけではないのだ。

「兄ちゃん。俺、また弟にしてくれる？」

広明は首を傾《かし》げた。

「弟として、一からやり直したい。今までの二年間、兄ちゃんやお父さんお母さんに対して思ってたこと、全部なかったことにして……遅いかな？」

「や、遅くないよ。全然オッケーだよ。カオルちゃんが元に戻ってくれて、ほんと嬉しいよ」

広明の子犬のような笑顔を見ていると、まだ少し思いが残っていることに気づいたが、それもいつかはいい思い出ってやつに変わって行くのだろう。

今日やってしまったことも——それを考えると、心が重いが。

夕暮れの坂を、兄弟はゆっくり上って行った。日が長くなり、地面に伸びる影も長い。季節が変わるように、心も変わってゆくのかな。

一途に広明を思い続けていた自分も、今は愛《いと》しい。

兄弟ってそんなもの。どんなシリアスな局面に陥《おちい》っても、家族だけに通じるユーモアと少しの知恵で、いくらでも乗り越えてゆける。

そんな気がした。


寮に戻ると、奈々村が玄関先でうろうろしていた。

「あっ、カオちゃーん」

遠くから馨の姿を発見し、さかんに手を振る。

「おかえりなさい」

奈々村はなぜか、ひどく周章てている。

「ごめん。さっきの」

馨はまず奈々村に謝った。

「そんなのはいいんだ。あの、俺が鷹司さんからこれ貰《もら》ったのは、きゅーちゃんと連絡とれるようになんだ」

奈々村の手にしているポケベルを、馨は一瞬ぽかんと見つめた。

「久和……？」

「俺はあの、寮の仕事とかいろいろあるだろ？　用があってもいちいちお部屋訪問なんてできないから。さっき鷹司さんにそんな話をしたら、それじゃあって言って譲ってくれた。それだけ」

明かされてみれば、なんということもない話である。

「俺……アホみたいだな」

馨は視線を地面に落としてうつむいた。

「そんなことないって。誤解がとけてよかった。あの、俺、もう行ってもいいかな？　仕事があるんだ」

そのためだけに、わざわざここで待っていてくれたのか。

申し訳ないような、こそばゆいような気分で、馨は奈々村の人の好さそうな顔を見ていた。

さて、と気持ちを引き締める。

もう一人のほうとも、誤解をといておかねばならない。

鷹司は部屋にいた。

ドアをノックすると、「どうぞ」と声がする。

馨は、おそるおそる中へ入った。

椅子に坐っていた鷹司は、やや怪訝《けげん》そうな顔でこちらを見ている。

「馨か。どうしたの？」

その顔には、さっきの冷ややかさも怒りの色もなく、いつものように落ち着いた表情の鷹司だ。

「あ、あのう」

その目に見つめられると、胸が騒いでしまう。しどろもどろに、馨は切り出した。

「さっきの——あの件なんだけど」

「さっき？　ああ、奈々村くんのこと？」

「なんか……誤解してたみたいで……悪かった、っていうか——」

「ああ、誤解だったって、判ってもらえたんだね？　そりゃよかった」

快活に言う鷹司を、下目に窺《うかが》う。

「で、でも、あんた、ユカ……奈々村とそんなに親しいわけ」

接点もないように見える一年生と、私物を譲り渡す仲だという点だけは腑《ふ》に落ちなかった。

「縁《ゆかり》と？　ああ。彼は、まあ幼馴染みたいなものだからね」

「幼馴染？」

「親同士が仲良くて……いや、縁の親っていうのは、つまり育ての親なわけだけど」

「……久和のところの？」

「そう。昔から行き来していてね。光司《こうじ》も縁も弟みたいなもんだ。光司は、親のこと隠してるし、ふだんは知らん顔してるけどね」

つまり総《すべ》ては馨の先走った思い込みに過ぎなかったわけだ。

真相を知って、放心状態になる馨に、鷹司はなおも微笑《ほほえ》みかけてきた。

「これで納得した？　俺への疑いは晴れたわけ？」

「う、うん——その、疑ったりして悪かった。ごめんなさい」

馨は素直に謝った。

「いやいや。馨が誤解して、ひょっとしたら妬《や》いてるかもしれないって思って、俺はかなりいい気分だったよ」

「……」

気づかれてしまったのだろうか。

「あれ、言い返さないの？」

黙っていると、鷹司がまぜっかえすように言った。

「誰が嫉妬《しっと》なんかするか、あんたらのことは俺には関係ねえ！　ぐらいは言われるかと思ったんだが」

「……嫉妬した」

「え？」

馨は面《おもて》を上げ、正面から鷹司を見た。

「嫉妬したから。あんたがユカにポケベル渡してたから……俺がだめでも次がいるってことなのかと思ったら、腹が立って、たまらなくなって、だからあんなこと――俺は言って……」

部屋に沈黙が満ちた。

視界に映《うつ》る鷹司の顔が、驚きを示す。

「それ、つまり馨は俺のことを好きになってくれてるということ？」

答えを返す暇もなく、立ち上がってくると馨の身体を引き寄せた。

「俺が好きなの？　馨」

抱きしめられて、心臓がばくばく言っている。

「そ、そんなこと訊《き》くなよっ」

恥ずかしさに顔を熱くしながら、馨は鷹司の腕の中でもがいた。

「だって、言葉にしてくれなきゃ判らないよ……俺は馨が好きだって、何回もそう言ってるだろ？」

「――きだよ」

「馨？」

「好きだよ！　悪いか！　俺はあんたに惚《ほ》れてるよ。それがどう――」

言葉は途中で飲み込まれる。

唇を塞《ふさ》がれて、馨は手を宙に泳がせた。が、やがて鷹司の背中にそっと回す。

「ん……」

唇を貪《むさぼ》った後、鷹司の舌が合わせ目をなぞるようにつついた。

導かれるまま開くと、熱い舌が口腔内《こうこうない》に侵入してくる。

奥で縮《ちぢ》こまっていた馨のそれを絡めとると、きつく吸い上げた。

舌を吸われ、馨はほとんど夢見心地で鷹司にしがみつく。互いの唾液《だえき》が混ざり合い、口の中で絡み合う舌。

「ふ……」

次第に息苦しくなって来た。馨がみじろぐと、拘束《こうそく》が少し緩《ゆる》んだ。

「好きだよ、馨」

鷹司の熱っぽい顔が、覗き込んでいる。

「俺、も――」

どぎまぎしながら応えると、ふわりと身体が宙に浮いた。

と、思うまもなくベッドに下ろされる。

どきんとした。しかし、すぐに鷹司が蔽《おお》いかぶさってくる。

「馨……」

シャツのボタンに手をかけながら、鷹司がうなじに口づけを落とした。

「あ──っていうか、俺っ」

頭の中でなら、したことがある。広明を抱く自分を、何度も頭に描いてきた。

その自分が、鷹司に抱かれることになるなんて……俄《にわ》かに違和感をおぼえ、馨は鷹司の下でじたばたした。

「恥ずかしがらないで」

シャツの下から手を差し入れ、鷹司が囁《ささや》く。

そうじゃないんだけど……でも、俺はどうしたいんだ？　と考えると、このまま任せてしまってかまわないかという気になってくる。

馨がしたいこと……鷹司と抱き合って、互いに一つになって、その気持ちをたしかめたい。

そして、鷹司もそう考えているのだと思えば、なにをされてもいいと思った。

想像の中の広明の立場に、まさか自分が置かれるとは思ってもみなかったが。

「ん……あ」

胸の尖りに手を触れられ、馨は微《かす》かに声を漏《も》らした。

触れられるだけで、身体をぴりっと電流が走ったみたいになる。

「感じる?」

突起を摘《つま》まれ、「あっ」とまた声を発してしまった。

こね回すようにそこを愛撫《あいぶ》し、やがて湿った感触が胸に触れる。

「んっ」

唇を押し当てられただけでも相当感じたのに、鷹司は舌先で突起を転がすように舐《な》める。

そうしながら、もういっぽうの乳首を指で摘み、押しつぶすようにしたり、引っ搔くようにしたりして馨を翻弄《ほんろう》した。

「あ、あ――あ……ん、あっ」

胸がこんなに感じるなんて知らなかった。想像の中で、馨はいつも広明を組み敷いて衣服を剝《は》ぎ、乱暴に後ろから突っ込んで広明をほしいままに蹂躙《じゅうりん》していたのだが、そこに至るまでの過程というものを考えていなかった。

胸を愛撫《あいぶ》しながら、鷹司は下肢《かし》をまさぐる。制服のズボンの上からぎゅっと足の間を摑んだ。

そこは、もう恥ずかしいほど反応してしまっている。

ベルトを外され、下着ごと膝まで下げられた。

恥ずかしい姿にした後、鷹司の唇は脇腹に滑《すべ》る。半分勃《た》ち上《あ》がった馨を、そうしながら軽く扱《しご》いた。

そうされただけで、出してしまいそうになり、馨は高い声を上げる。すぐに声を飲み込んで、歯を食いしばった。

「我慢しないで」

再び鷹司が唇を吸う。

「俺だって感じてるんだ。恥ずかしいことじゃないよ？」

布越しに硬く鷹司自身を感じ、馨は頷いた。

けれど、洩れる声は甘く、自分じゃないみたいだ。それが怖い。これからどうなってしまうのかが判らなくて、馨は震えた。

握り込んだ馨のものを、鷹司はなおも擦《こす》り上げる。先端から蜜《みつ》が溢れ、鷹司の指を濡らす。それだけで爆発してしまいそうだったのだが、鷹司はふいに指を離すと、足の間に顔を埋《うず》めてきた。

「あ――っ、そ、そんな……」

先端を粘膜が包む。そのまま、茎《くき》を扱きながら鷹司は馨を唇と舌で丹念に愛撫した。

「や……あ……っ」

全身を駆け巡《めぐ》るたまらない快感に、馨は身も世もなく声を上げた。

「で、出る……そんな、したら……出、ちゃう――」

「出していいよ」

口から馨のものを零し、鷹司がひそむように笑う。

「んな……」

なお身を捩《よじ》ったが、再び暖かいものに先端を含まれ、馨はあっけなく遂情《りくじょう》してしまった。

鷹司の口の中にすべてを吐き出し、肩で息をつく。

「可愛いよ、馨」

鷹司の口の端に、自分が放ったものが糸を引く。

そのまま、キスをした。舌を絡め合う。自分の味だと思うと複雑だったが、汚いとは感じなかった。

残っていた衣服を剥ぎとり、鷹司も服を脱ぐ。

無駄な肉のない精悍《せいかん》な身体は、銭湯でも見たものなのに、こうして見上げるとどきどきする。

その股間《こかん》で、雄雄《おお》しく勃ち上がっている姿を目にし、身体が熱くなった。

裸になり、まだ息を荒くしている馨の両足を、鷹司は大きく開かせた。そのまま、抱え上げる。

「あ……」

これから始まることを、まったく意識していなかったわけではないが、鷹司の指を感じると、やはりそこで繋《つな》がるのかと妙に納得する。

「う……っ」

けれどそこはまだなにも知らないままで、入り口にそっと触れられただけでびくりと震える。

そのまま、指を差し入れられた。

「あっ」

違和感に、顔をしかめる。中で蠢《うごめ》く指。狭い肉壁を引っ掻くように抽挿《ちゅうそう》した。

悦《よ》いのか、よくないのかも判らなかった。抽挿に呼吸を合わせ、少しでも楽に受け入れようとしている自分を感じると、人間どんなことも受け入れられるものなんだな、と妙に得心する。

好きな人になら、なにをされてもかまわない。

中を弄《いじ》られているうち、どくりと下腹部が波打つような快感がふと馨を襲った。

「あん……っ」

恥ずかしい声をまた上げてしまう。

「感じる？」

鷹司はそこを何度も引っ掻くようにする。

一度出したものが、再び力を取り戻してくるのが判った。馨は戸惑い、

「こ、怖……俺、ヘンだ……」

喚《わめ》いた。

「ヘンじゃないよ。ここは感じるところなんだ」

鷹司は宥め、なおも指を動かす。

「ここだけでイカせることもできるよ。イキたい？　我慢する？」

「いっ……や、だ」

一人だけ先走って、これ以上恥ずかしい思いをしたくなかった。

そう、と笑った鷹司が指を引き抜く。

代わりに押し当てられたものがなんであるかを感じ、馨は一瞬恐怖に竦《すく》む。

あの雄大なものが、こんな狭い肉の中に入るとは思えない。

そんなの無理。絶対無理。と、頭の中でさんざん兄を犯しまくっていたことも忘れて身をひいた。

ぐっと肩を捉《つか》まれた。そのまま、ずぶっと鷹司が突き立ててくる。

「あ——っ」

馨は叫んだ。痛みと圧迫感に、喉がひくつく。

「や……」

「馨、力を抜いて……ゆっくり息をして……ん、馨、そんなにしめつけないで」

そう言われても、この状態でゆっくり呼吸なんてできない……けれど、鷹司はなおもぐいぐい押し込んできて、苦痛は募《つの》る。

馨はシーツに爪を立てた。

その指を、鷹司の手が優しく包む。

「馨……全部入ったよ」

眦からいつしか溢れ出した涙を、舌で掬《すく》いとった。

「ん……」

次第に呼吸が調《ととの》ってくる。痛くないわけはなかったが、一つになれた充足感が、馨を満たしていた。

「繋がってる……ほら」

鷹司は馨の手を、後孔に導いた。

肉の合わせ目を自ら確かめ、馨は不思議な感動を覚えた。

ゆっくりと、鷹司が動きはじめる。

「あっ、あ、あんっ、あ、ああ、ああっ」

腰を打ち付けられるたび、声が洩れた。肉壁を擦る鷹司のものが、ふいにさっきのポイントに当たった。

「あー……っ」

馨は身をのけ反らせた。鋭い快感に、中がきゅっと締まる。

鷹司が呻《うめ》いた。

「馨……もう少し我慢して」

宥めるように揺すりながらキスを落とす。再び鷹司のペースになり、唇を吸われながら馨は目を閉じた。感じる場所を擦られて、挿入のショックで萎《な》えていたものが勃ち上がってきた。

襲いくる射精感を堪《こら》えながら、烈《はげ》しく喘《あえ》ぐ。

「あ……も……う」

焦《じ》れて、手を伸ばし、自ら慰《なぐさ》めはじめた。鷹司の手が馨を押しのけ、そこを優しく握った。

「や……あっ……」

前後を同時に攻められてはたまらない。扱き上げられながら感じやすい箇所を擦られ、馨はあまりの刺戟に啜《すす》り泣きはじめた。

「おれ……も……」

抉《えぐ》るように突かれ、馨は一段と高い声を上げた。

目もくらむような絶頂感。中が収縮し、鷹司を絞り上げる。奥に鷹司の迸《ほとばし》りを感じながら、馨も勢いよく白濁《はくだく》を噴《ふ》き上げた。


余韻を残す湿った空気の中、馨は放心状態でいた。

はじめてのセックスは、怖くて、痛くて、でも気持ちのいいもので——そしてなにより幸福感を運んできた。

「痛かった？　ごめんね」

隣に横たわった鷹司が、馨の額の髪を掻き分けながら言う。

「痛かったよ。チョー痛かったよ。二度としたくねえ」

わざと乱暴に応えると、困ったように笑う。

「二度とできないのか。それじゃ俺は一生禁欲僧だな」

その言葉の意味を悟り、馨は、

「莫迦」

と鷹司の胸を押した。

見つめ合う。沈黙。

「馨が素直になってくれてよかった」

キスの後、鷹司が言った。

「もうどきどきしてたから」

「どういうこと？」

問う馨に、いたずらっぽく微笑むと、

「縁にポケベル渡してるところに馨がきて、なんか誤解しちゃったみたいで。すぐに誤解をとくこともできたけど、わざと冷たくしてみせた。馨の気持ちを知りたくて」

眸《ひとみ》を覗き込んでくる。

「――君には関係ない」、あの一言は、では鷹司の仕掛けた罠《わな》だったのか。

見事に引っかかったことが判っても、もう腹が立たなかった。

鷹司もまた、不安な恋心を抱いて自分を見ていたことが判ったから。

「俺がそのまま納得して帰っちゃったら、どうすんだよ」

「その時はまた、他の手段で君を手に入れようとしていたさ。俺なりに策を弄《ろう》してね」

笑顔の鷹司を見ていると、胸に感動がせり上がってくる。

結ばれたのだ。この人と。

馨は黙って鷹司の顔を見つめた。

鷹司も口を閉じ、熱っぽい目で馨を見る。

どちらからともなく身体を寄せて、再び熱い時間へとなだれ込んでいった。


「カオルちゃん、忘れ物ない？」

大きなボストンバッグをよいしょとホールの床に置き、広明が声をかけてきた。

「忘れ物……特には。あ、数学の課題のプリント、忘れてる」

馨は鞄の中をたしかめ、周章《あわ》てた声を発した。

「ほらー。ちゃんとメモして、荷物作るように言っただろ」

「ごめんごめん……とってくる」

馨は、渡り廊下をガブリエル寮のほうへととって返した。

一学期が終わった日。

終業式の後、帰省してゆく寮生たちの中に混じって、馨たち兄弟も帰り支度を整えていた。

入学した頃は、どうなることかと自分でも不安だったが、いろいろなことがあったこの三ヶ月、いい時間を過ごせたと思う。

なにより、広明と和解できたこと……広明を兄として受け入れられるようになったことが、馨にとって一番の成長になった。

それは鷹司という存在があってこそのものだけれど。

鷹司と出会えてよかったと思う。結ばれてからも、やっぱり飄々としていて、とらえどころのない恋人だが。

そんなところは、広明と似ていなくもない。自分の嗜好《しこう》を思いがけず知らされた馨である。

鷹司は言った。

「本当は、谷中《やなか》にちょっと嫉妬してたんだ俺」

結ばれたあの日に、腕の中で聞いた言葉。

「兄ちゃんに？　なんで」

「兄貴だってだけで、馨の気持ちを丸ごと掴んでるっていうか……じゃあ、俺が兄だったら馨はやっぱりこんなふうに意地張りつつも追っかけてくれるのかなって」

「……。そ、それはどうだったか判らないなあ」

馨なりに駆け引きの手管《てくだ》を駆使したつもりだったが、のっけから嚙んでしまい、笑われただけだった――。

「どうした、谷中」

部屋に駆け込むと、久和が訊《たず》ねた。

「忘れ物」

久和はTシャツにジーパンに着替え、荷物をまとめている様子もない。

「久和は、帰んないの？」

「まだちょっとはこっちにいる。ユカの仕事がすんだら、一緒に帰る」

ああ、そうだったと馨は思い出した。二人は同じ家に帰るのだった。

「また九月にな」

馨が言うと、久和はちょっと考えるような顔になった。

「あのさ、お前が前に言ってた、厭なんだけど一緒にいて愉しいっていうの、鷹司さんのことなのか？」

「な、なにを……」

馨はむせそうになった。

「いや、ユカが言うから……谷中は鷹司さんを好きなんだって」

奈々村。侮《あなど》れない奴。

「俺はどっちでもいいんだけどな。谷中が鷹司さんを好きでも嫌いでも」

仏頂面で淡々というのを見ていたら、ちょっといたずら心が湧いた。

「好きだよ？　俺、鷹司さんのこと、久和がユカを好きなように大好きだ」

「なっ！」

かっと赤くなったのを見てはくそ笑む。思いがけなくいいものが見られた。

ホールへ戻ると、朝倉や三池たちがきていた。

「兄ちゃん、お待たせ」

「兄弟揃《そろ》って、ご帰郷か。親御《おやご》さんも、さぞや喜ぶだろうな」

朝倉がにやにやと言う。

「喜ぶと思うよ。さっ、カオルちゃん、行こう」

揶揄われているのに気づかないのか、広明はバッグを持ち上げた。

玄関で靴を履いていると、階段のほうで人影が動いた。

「今から帰るのか、谷中兄弟」

そう言う鷹司の手にも、ボストンバッグがある。

「うん。電車、ちょうどいいのがあるから。鷹ちゃんは、いつ帰んの？」

「車が来ることになってる。昼すぎかな」

鷹司は、馨を見た。

その目が今日も優しく輝いているのを確かめ、馨も微笑んだ。

「それじゃお先に、鷹司先輩」

わざとらしい呼称で呼ぶと、鷹司は眩《まぶ》しそうに目を細めた。

「また、来学期！」

あとがき

榊花月

ってなわけで、あとがきです。今回なんと五ページもある。そんなに書くことがあるのか？（いや、ない。反語）と昔の芸風を懐かしみつつ、おそるおそる書いてみます。無事、五ページいけたらおなぐさみ。

まず言っておかなければならないこと。このお話は、以前にディアプラス文庫で出していただいた『でも、しょうがない』の続篇？　というか番外篇、いや外伝かも……とどちらともつかないながら、同じ学校を舞台とした作品です。『でも、しょうがない』を読んでいなくても愉《たの》しめるよう書いたつもりですが、もしご存知でないなら、あちらのほうもぜひ読んでみて下さい。きっと、いろいろな矛盾《むじゅん》や間違い、い、いや「あ、これはあのエピソードのことね」と既視感を味わうことができることでしょう。味わったからといってどうなるというものでもありませんが。とりあえず、姉妹篇もございますということで。

続篇のリクエストを下さったのは前担当の吾妻さんですが、「ヒロのお話を……」と言われて考えた結果がこんな話になってしまったのは、現担当の斎藤さんのお導きのおかげです。嘘です。一人で考えました。なんか、吾妻さんのご期待には全然添えてない気がするのですが、気のせいでしょうか。が、がんばったんです！　ほんと、これ以上はないくらいがんばった。

しかし、あとがき分の余白を五ページも出してしまった今となっては、いい試合だった、だが……と膝をつくしかありません。ごめんなさいごめんなさい。なにに対して、どういう理由で謝ってるのか、自分でも判りませんが、とりあえず謝っておく。すいませんでしたと。

ふう……まだあと三ページ半もある……もう、言いたいことはすっかり出尽《でつ》くしたのですが、これ以上なにを書けと……近況でもお知らせすればいいのか……最近の私……最近は、特になんということもない生活です。昼ドラマ以外愉しみのない毎日です。土・日は生きているのがいやになるほど味気ありません……っていうのは大げさか。

いや、書きたいんですよ。現在進行形でとんでもない展開になっている二〇〇六年春の昼ドラマ「偽《いつわ》りの花園」。しかし、この本が出る頃にはそんな予想のつかないドラマも最終回を無事迎え、あまつさえ次のドラマが私のハートをつかみにかかっている時期。今さら語ることなどなにもない。いや、せっかくなので予想しておくか。美琶子《みわこ》は改心して仲直り、しかし時すでに遅く、病魔に冒され最終回とともにこの世を去る……それはないか。ひかるとシンイチ(字が判らない)が成長して愛し合うようになり、美琶子と美禰子《みねこ》の戦いの火蓋《ひぶた》がふたたび切って落とされるのだった……！　それもないか。とりあえず、二人から愛される設定のアキヒコさんは、いうほどいい男じゃなかったということだけは言えます。……観てない人には判らないですね、こんな話。すいません。

さて、以前禁酒していることを書いたかと思いますが、その後持病の薬が減り、少しなら飲んでもいいということになったのです。ハレルヤ〜。やっぱ酒はいいねいもう一日もかかさず毎日朝からベランダで俺とお前の大五郎《だいごろう》一気飲み！

……なわけはなく、夕食時にグラス二センチぐらいの焼酎《しょうちゅう》を梅ジュースなどで割ってちびちび飲む日々です。回りもしなければ、いい気分になるわけでもない。こんな微量のアルコールでは酔いたくても酔えないこんな世の中じゃ。ポイズン。毎日愉しいです……。

いや、健康的な一面もあるのです。あれから約二ヵ月。スポーツクラブ通いは続いております。おかげで体重が減り、脂肪《しぼう》量がアップしました……って、上げてどうするんや〜〜〜〜っ!!!

いや、増えたんすよ、脂肪量。どうなってんだよ。じゃあ、なにが減ったんだよ。血液とか？　もう肝臓《かんぞう》のまわりとか、脂肪つきまくりなんだろうな。ひー。二度と酒は飲みません。嘘です。

と、やや健康面に不安を抱《かか》えつつも私は今日も元気です。

ここまで書いても、まだ二ページある。なんなんだよもう。どうしろってんだよ。書くことなんかもうねえよ。ということで、残りは空白にしてメモ代わりに使っていただこう。余裕のある人生っていいですね。

……ダメっすか。そうですか。はあ……。最近の私……。めっきり夢を見なくなりました。

いや、見てるんだろうけど憶《おぼ》えてない。だいたい毎朝五時ぐらいに目を醒《さ》ますのですが（って早い？　いや午前三時就寝でも必ず五時過ぎには起きます）、その前後二分ぐらいは夢の余韻《よいん》をかみしめつつ朦朧《もうろう》としていたのです、以前は。

　しかし、そんなあいまいな時間はなくなり、目を開けたらもう一日のはじまり。低血圧でも貧血でもないので、しゃっきりすっきり起床です。しかし、そのぶん朝寝昼寝の際に悪夢を見るようになりました。よく見るパターン第一位は、寝ていて、動けない状態で横に植木鉢《ばち》があり、丸々とした青虫が私の顔から十五センチの至近距離でうごめいている……というもの。いやほんと、かんべんして下さいよ。マジで嫌いなんすから、虫。なんでこんな恐怖にさらされなきゃなんないの。「イヤーッ」と叫び目を醒ますたび、むなしくなります。もう朝（昼）寝はやめよう……と思いつつ、気づくと寝ている。朝五時に起きさえしなければ悪夢を回避できる（と思う）のに、今日も今日とて起きたら五時前ですよ……。朝のニュースワイドさえやっていない時間帯。年寄りは朝早いというのは本当ですね。ぼーっとしてベランダでタバコを吸っていると、目の前を横切って行く一匹の毒毛虫……いやあああ!!　……そう、それもまた夢なのでした。

　……まあこんな感じで追い詰められております。そのうち夢に吸収されていなくなるのかも、私。ちょっとウルトラQな世界。たとえが古い……。そんなこんなで朝五時起きでもちっとも感心されない生活ぶりなのでした。

さて、一人でも小説は書けますが、本は一人では出せません。

今回も、イラストの金《かね》ひかるさんにはお世話になりました。前回の表紙で、雨宮《あまみや》まで描いていただいたおかげで、イメージしやすかったです。どうもありがとうございました。

いつもご迷惑をおかけしております、担当さまをはじめとする新書館のスタッフの皆さま。皆さまのご尽力《じんりょく》のおかげで私は今日も生きております。これからもよろしくお願いいたします。

お手にとっていただいた皆さま。いかがでしたでしょうか。少しでも愉しんでいただけたなら幸いです。感想などありましたらお知らせ下さい。おまけストーリーをお返しいたします。

よろしくお願いいたします。


おお、書けたじゃないか五ページ。

喜びに沸《わ》き返る試合会場よりお届けいたしました。

D E A R + N O V E L

負《ま》けるもんか《けるもんか》!

この本を読んでのご意見、ご感想などをお寄せください。
榊 花月先生・金ひかる先生へのはげましのおたよりもお待ちしております。
〒113-0024 東京都文京区西片2-19-18 新書館
[編集部へのご意見・ご感想] ディアプラス編集部「負けるもんか!」係
[先生方へのおたより] ディアプラス編集部気付 ○○先生

初 出
負けるもんか!:書き下ろし

新書館ディアプラス文庫

著者:榊 花月 [さかき・かづき]
初版発行:2006年7月25日

発行所:株式会社新書館
[編集] 〒113-0024 東京都文京区西片2-19-18 電話(03)3811-2631
[営業] 〒174-0043 東京都板橋区坂下1-22-14 電話(03)5970-3840
[URL] http://www.shinshokan.co.jp/
印刷・製本:図書印刷株式会社

定価はカバーに表示してあります。乱丁・落丁本はお取替えいたします。
ISBN4-403-52136-3

S H I N S H O K A N

ドースル？

イラスト＊花田祐実

出会い頭《がしら》にキス!?　そのイケメン最低男は同じ大学の有名人。ただの合コンマニアかと思いきや複雑な事情持ちで!?

ごきげんカフェ

イラスト＊二宮悦巳

居心地のいいカフェ「レイン・ツリー」。高校生の陽《ミナミ》は美形の店長レンに憧《あこが》れていたが、ある日……？　書き下ろし！

風の吹き抜ける場所へ

イラスト＊明森びびか

家にも学校にも居場所がなく、一人鬱屈《うっくつ》を抱えていた航《こう》。そんな彼の前に、ある日女装の天使が舞い降りて……!?

子どもの時間

イラスト＊西河樹菜

十六歳にして天涯《てんがい》孤独になった結《ゆい》のもとに、母の愛人を自称する円堂《えんどう》という男が現れ……？　きらめく夏の恋物語!!

でも、しょうがない

イラスト＊金ひかる

山奥の全寮制男子高に編入した陸《りく》。現れた寮長サマは、著《いちじる》しく変貌《へんぼう》を遂《と》げたかつての同級生で!?　全篇書き下ろし！

負けるもんか！

イラスト＊金ひかる

兄を追って山奥の全寮制男子高に入学した馨《かおる》。何の因果か生徒会副会長の雑用係をする羽目《はめ》に？　全篇書き下ろし！

ウィングス文庫は毎月10日頃発売

ウィングス文庫

定価630円（★=609円 ☆=620円 ○=651円 ◆=662円 ◇=672円 ▼=683円 ◎=693円 ▽=714円 △=756円 ●=788円 ■=798円 ▲=924円）

甲斐 透 Tohru KAI

「月の光はいつも静かに」 イラスト:あとり硅子
「金色の明日」
「金色の明日② 瑠璃色の夜、金の朝」 イラスト:桃川春日子
「双霊刀あやかし奇譚 全2巻」 ◆ イラスト:左近堂絵里

狼谷辰之 Tatsuyuki KAMITANI

「対なる者の証」 ◇
「対なる者のさだめ」
「対なる者の誓い」 ○ イラスト:若島津淳

雁野 航 Wataru KARINO

「洪水前夜 あふるるみずのよせぬまに」 ☆ イラスト:川添真理子

くりこ姫 KURIKOHIME

「Cotton 全2巻」 ②=○ イラスト:えみこ山
「銀の雪 降る降る」 イラスト:みずき健
「花や こんこん」 ★ イラスト:えみこ山

縞田理理 Riri SHIMADA

「霧の日にはラノンが視える 全4巻」 ②④=◇ イラスト:ねぎしきょうこ
「裏庭で影がまどろむ昼下がり」 イラスト:門地かおり

新堂奈槻 Natsuki SHINDOU

「FATAL ERROR① 復活」
「FATAL ERROR② 異端」
「FATAL ERROR③ 契約」 ○
「FATAL ERROR④ 信仰 上巻」 ▼
「FATAL ERROR⑤ 信仰 下巻」 ▼
「FATAL ERROR⑥ 悪夢」 ■
「FATAL ERROR⑦ 遠雷」 ● イラスト:押上美猫
「THE BOY'S NEXT DOOR①」 イラスト:あとり硅子

菅野 彰 Akira SUGANO

「屋上の暇人ども」 ◇
「屋上の暇人ども② 一九九八年十一月十八日未明、晴れ。」 ◇
「屋上の暇人ども③ 恋の季節」 ○
「屋上の暇人ども④ 先生も春休み」 ☆
「屋上の暇人ども⑤ 修学旅行は眠らない 上・下巻」 上巻=★ 下巻=☆ イラスト:架月 弥
「海馬が耳から駆けてゆく①～③」 カット:南野ましろ・加倉井ミサイル（②のみ）

たかもり諫也 Isaya TAKAMORI

「Tears Roll Down 全6巻」①④=◆ ③⑤⑥=☆ イラスト:影木栄貴
「百年の満月 全4巻」①=★ ③=◆ イラスト:黒井貴也

津守時生 Tokio TSUMORI

「三千世界の鴉を殺し①～⑪」①～③⑥⑦=☆ ④⑤⑧～⑪=★
①～⑧イラスト:古張乃莉(①～③は藍川さとる名義) ⑨～⑪イラスト:麻々原絵里依

前田 栄 Sakae MAEDA

「リアルゲーム」★
「リアルゲーム② シミュレーションゲーム」★ イラスト:麻々原絵里依
「ディアスポラ 全6巻」①～③=○ ⑥=△ イラスト:金ひかる
「結晶物語①②」①=☆ イラスト:前田とも
「死が二人を分かつまで①②」①=☆ ②=★ イラスト:ねぎしきょうこ

前田珠子 Tamako MAEDA

「美しいキラル①～④」③=○ ④=▽ イラスト:なるしまゆり

麻城ゆう Yu MAKI

「特捜司法官S-A 全2巻」イラスト:道原かつみ
「月光界秘譚① 風舟の傭兵」★
「月光界秘譚② 太陽の城」☆
「月光界秘譚③ 滅びの道標」☆
「月光界秘譚④ いにしえの残照」☆ イラスト:道原かつみ
「月光界・逢魔が時の聖地 全3巻」イラスト:道原かつみ
「新・特捜司法官S-A①②」②=☆ イラスト:道原かつみ

松殿理央 Rio MATSUDONO

「美貌の魔都 月徳貴人 上・下巻」上巻=◇ 下巻=◆
「美貌の魔都・香神狩り」▲ イラスト:橘 皆無

真瀬もと Moto MANASE

「シャーロキアン・クロニクル① エキセントリック・ゲーム」★
「シャーロキアン・クロニクル② ファントム・ルート」☆
「シャーロキアン・クロニクル③ アサシン」
「シャーロキアン・クロニクル④ スリーピング・ビューティ」▼
「シャーロキアン・クロニクル⑤ ゲーム・オブ・チャンス」◇
「シャーロキアン・クロニクル⑥ コンフィデンシャル・パートナー」▽ イラスト:山田睦月
「廻想庭園 全4巻」①=◇ ②③=▼ ④=◎ イラスト:祐天慈あこ
「帝都・闇烏の事件簿 全3巻」①=◆ ②=◇ ③=▼ イラスト:夏乃あゆみ

三浦しをん Shion MIURA

「妄想炸裂」★ イラスト:羽海野チカ

結城 惺 Sei YUKI

「MIND SCREEN①～⑥」②=◇ ③⑥=☆ ⑤=○ イラスト:おおや和美